作者简介

　　夏商，小说家。1969年12月生于上海。著有长篇小说《东岸纪事》《标本师》《乞儿流浪记》《裸露的亡灵》及四卷本文集《夏商自选集》。

创作《裸露的亡灵》时期的小说家夏商

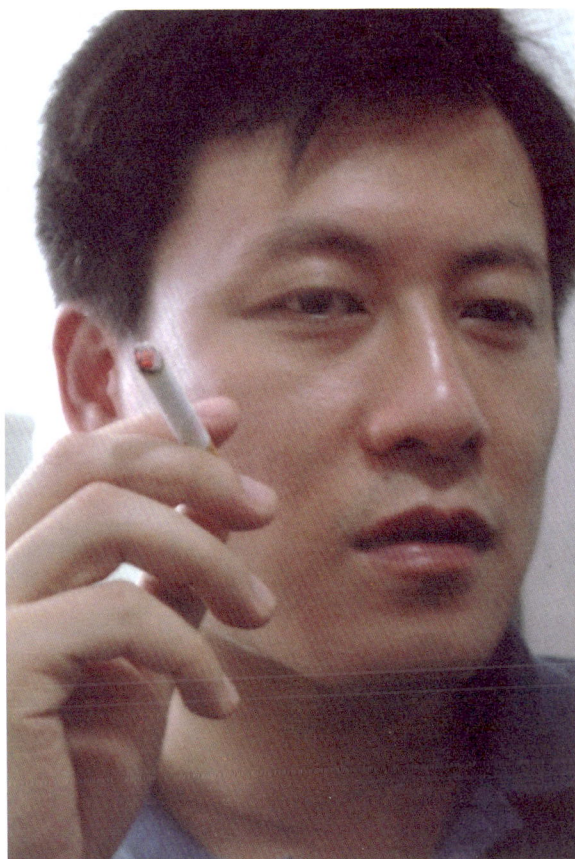

花城

二〇〇一年第一期（总第一二八期）

HUACHENG LITERATURE 文学双月刊

全景图 ● 夏 商

我的十种职业 ● 北 村

美人市场 ● 行 者

突围前后 ● 张 炜

花城出版社

全景图

花城 · 夏商
长篇小说

阳光挂在樟树叶上，草地上的美人

月下，许多身影向安波靠过……

《裸露的亡灵》曾用名《全景图》，首发于《花城》杂志 2001 年第 1 期

上海锦绣文章出版社版（2009 年）

花城出版社版（2001 年）

《花城》首发　纪念珍藏版

裸露的亡灵

夏　商　著

SPM

南方出版传媒

花城出版社

中国·广州

图书在版编目（ＣＩＰ）数据

裸露的亡灵 / 夏商著. -- 广州：花城出版社，
2017.5
　（《花城》首发）
　ISBN 978-7-5360-8328-8

　Ⅰ. ①裸… Ⅱ. ①夏… Ⅲ. ①长篇小说－中国－当代
Ⅳ. ①I247.5

中国版本图书馆CIP数据核字(2017)第088826号

出　版　人：詹秀敏
策划编辑：林宋瑜
责任编辑：揭莉琳　刘玮婷
技术编辑：薛伟民　凌春梅
封面设计：刘红刚

书　　　名　裸露的亡灵
　　　　　　LUOLU DE WANGLING
出版发行　花城出版社
　　　　　　（广州市环市东路水荫路11号）
经　　销　全国新华书店
印　　刷　恒美印务（广州）有限公司
　　　　　　（广州南沙经济技术开发区环市大道南路334号）
开　　本　880 毫米×1230 毫米　32 开
印　　张　7.5　2 插页
字　　数　130,000 字
版　　次　2017 年 5 月第 1 版　2017 年 5 月第 1 次印刷
定　　价　38.00 元

如发现印装质量问题，请直接与印刷厂联系调换。
购书热线：020－37604658　37602954

目录
Contents

这偶尔显现的一角，令世界陷入迷失。

——题记

阳光挂在樟树叶上。草地上的美人

　　从此处一直往前走，大约四分钟，街道的尽头以一堵墙的形状将你拒绝。城堡式的庭院错落在幽暗的夤夜里。退出街道，是一条更宽更长的街道。更宽更长的街道外，是一条还要宽还要长的街道，它们像彼此放大或缩小的水泥带子存在于稀疏的脚步声中，有人摔了一跤。

　　昏睡的街道阒无声迹，呻吟的跌倒者扶住墙壁，摔跤擦破了手掌上的一块皮，她感觉到自己出血了，把手放在嘴边，舌头舔一下伤处，将脏兮兮的细泥吐掉，拐进了曲折的街道。

这是一家医院，漆黑的夜里，她消失了。第二天早上，有人发现她躺在草地上，手上的伤处已不再出血。她长着精致的五官，肮脏使她的美貌大打折扣。晨起锻炼的病人走过来，围在草地上的美人旁边。过了一会儿，医护人员也来了，和病人们一样，他们并不认识草地上的美人。她发梢上有水珠和草叶，穿着白色的宽大裙子，倒下的姿势如同仰泳。这时阳光已挂在一片樟树叶上，少华在五楼走廊上出现了，凭栏相望，他看见了草地上的这一幕，下了楼。

少华经过回廊时，侧身朝地击吐出醒后的第一口痰，他看见草地上的人群漏出了一条缝隙，一老一少两名担架工朝自己站着的方向走来。

"真倒霉，一大清早就要搬死人。"年轻的担架工道。

"人死难道还要分时辰?"年长的担架工用训斥的口吻道。

少华没听见这些对话，用目光迎接着正在靠近的担架。

"凭什么让我来搬死人? 凭什么我干这差事?"年轻的担架工道。

"这差事多好，让人知道该怎么好好去活。"年长的担架工道。

"恶心，"年轻的担架工道，"除了恶心什么也没有。"

"人就是一件衣裳，用完了扔掉。"

"那活着还有什么意义？"

"人活着就是用来证明时间，世上任何东西都只有一个意义，就是证明时间的存在。你看这姑娘不过活了二十多岁，可就能证明世上曾有过这二十多年。"

"那样的话，只要有一个跟她年龄相同的人活过就行了，何必要有那么多人存在？"

"时间是个贪婪的加法，需要很多很多陪葬品。"

"照你这样说，人岂不是很可怜？"

"所以活着的时候更要好好过。"

两个担架工从少华身边走了过去，少华看清了担架上头发零乱的美人。她已经死了。少华跟在担架工后面，门廊敞开着，后院栽满了枝秆纤细的向日葵，黄色的花瓣烘托着圆形花盘，像一个个大头少年夹道而立。笔直的小径终点，是一座孤单的灰色小楼，担架工正往那里去。少华心里很不舒服，一大早遇上这种事的确是有点晦气。少华嗅到了向日葵散发出来的淡淡苦味，心想该回病房去了。他抬腕看了看表，吃早餐的时间刚过。他反身踏上台阶，回到楼上的病房。

早餐一如既往，单调、乏味却可以维持营养的均衡。少华三下两下就把两个馒头、一碗菜粥外加一块煎蛋吃完了。他拿起了晨报，外部世界每时每刻都在发生各种规范或规范外的事件。他对这一切并不感兴趣，不过他还是知道美国刚换了总统，知道中东格局发生了巨变，知道金三角的大毒枭已被击毙，知道好莱坞层出不穷的桃色新闻，想到自己知道的还真不少呢，就咽下了最后一片蛋皮，似笑非笑地动了动嘴角。

晨报头版，比较显眼的消息是一种叫"我爱你"的病毒大肆侵入电脑，使全球金融信息业损失惨重。少华把报纸翻到社会综合版，一则寻人启事使他一愣："安波，女，26 岁，身高 1.67 米，波浪形卷发，脸廓瘦长，大眼睛，右眉间有一痣，爱穿宽大衣裙。知其下落者，请拨打电话 6974526，联系人楼夷。面酬。"

启事旁还附有肖像——一张五官秀丽的女人面孔。

少华之所以惊奇，是因为报纸上的肖像并非别人，而像是方才担架上的那个美人。少华是个漠不关心的人，他的注意力对外界很麻木。可这一次有点不同，人终归是要有一点好奇心的，少华忽然觉得有必要探究一下这件事。他的这个决定可说是人之常情，也可说是对世事的冷漠并不彻底，于是在这一瞬间，人潜在的猎奇本能被唤醒了。

少华站起来，走到窗边。落地的长帷幔遮住了一部分摇晃的阳光，少华的眼睛眯了起来，从这里望出去，可以看见那座著名的电视塔。少华望了一会儿，或者，只是站了一会儿。早餐令肚子胀鼓鼓的，他需要消化一下。他眉头紧锁的样子像是在下定决心，他好久没能为一件与自己无关的事情来一次哪怕是小小的冲动了，这确实是一次例外，他转过身迈出了病房。

少华下了楼，从敞开的门廊进入后院，夹道而立的向日葵延伸出一条两米宽的小径，少华知道那个美人就在那栋孤独的灰色小楼里。他脚步迟疑了一下，接下来便不再犹豫，走进了楼中。沙子般的灯光弥漫在充满腐败气味的房子里，少华的胸膛不适应地阻塞起来，目光也很不适应。室内虽然有灯，仍显得昏暗。他辨认了一下，几具遗体被随意搁置着，他禁不住回抽了一口冷气，在他脚下，正是那个香消玉殒的美人。少华蹲了下来，仰卧在担架上的美人是那么年轻，她零乱的波浪形卷发盖住了瘦长的脸廓，使少华看不真切，而要证实她是否晨报启事上所寻的那个女人，只须轻轻撩开她的头发，看看右眉间是否有那颗痣。少华的手慢慢抬起来，指尖伸向美人的额头，把她的头发从面门分离开来，他看见了那颗隐在右眉间的痣。他想就是她了，尝试着又去撩了一下美人的发梢，手掌上有一种奇怪的飘逸感。少华忽然害怕起来，觉得手里的接触一丝分量也没有，面前只是一个画在纸上的人，顿时魂飞魄散，跳起来朝外跑。他像被一阵风刮出了小屋，恐怖使脸上的每一块肌肉夸张地聚在一起。许多人听到了少华的大声尖叫，然后看见他抱着头冲出了门廊。他确实被吓坏了。

月下，许多身影向安波聚拢

走在黑夜里的安波步伐踉跄，愤怒与哀怨这两挂铁镣使她双足几乎承担不起行走时的重量。她捂住胸口，大口喘息，身心虚弱到了极点。从邝亚滴家奔出来，她觉得自己的人生特别虚无，似乎已没有活下去的勇气了。在一盏街灯下，她被一阵晕眩击中，慢慢靠着水泥柱瘫下来，眼泪把她目光里的世界变成了模糊背景，她开始掩面抽泣。

泪水很不均匀地在她脸庞滑动，这种伤心的液体篡改着人的面貌，使她的美丽在掌心中迅速破碎，口红和眼影不可收拾地漫漶一片。哭泣使她变成了面目全非的丑八怪，可一向注重容颜的她顾不上这些了。

跌跌撞撞行走在街道上的安波拐了个弯，她终于接近了医院，开始行走在另一条街道上，她崴了一跤，阒无人迹的四周只有几盏浅睡的街灯在淡淡微笑。安波的手掌蹭破了一块皮，她把手放在嘴边，用舌头去舔渗出的血，她吐掉一些细泥，把伤处含进嘴里。

安波走进了藏匿于城北老街中的医院。这座医院本是私有的，原来的主人自然非富即贵。把私家豪宅变成公有制的医院是瓦解剥削阶级的一项伟大举措，它至少有两个好处：一、告诉民众，有钱是可耻的，是必须被消灭的；二、告诉无产者，拥有这所医院是不易的，要感谢并拥戴英明的制度。

安波从月光铺洒的小径走进了医院，她很快迷乱了步履，不知不觉走到草地上去了。好大的一片草地，规划得很好的园艺，乔木底下说不出名字的灌木和花卉，还有安置着雕塑的小池塘。当年的主人是在此间度过许多美好春光的，不过当初的草地与今终是有别，枯荣枯荣，草已不是那年的草，人也不是那年的人了。安波一个趔趄，足下踩空了似的，双膝跪下来，向后仰了下去。

安波后来看见蓬头垢面躺在草地上的自己，她非常吃惊，或者说，她的心情不是用吃惊可以来形容的，简直是措手不及。她看见自己以仰泳的姿势躺在星光下，就知道出事了，她知道这件事的结果就是没有结果，她试图唤醒草地上的自己："醒醒安波，醒醒安波。"她失败了，那个安波根本没有知觉，她看着草地上的自己，神色恐惧起来，她明白在自己身上发生了什么事。她去拥抱那个安波，想与她融为一体，可她无从下手，她不知道如何才能成为躯体的一部分，她哭了起来，流泪道："我怎么了？既然找不到入口，又是如何出来的呢？"

安波无助地守在躯体边，过了一会儿，身边聚拢了许多身影，安波看见了母亲、大姨、匡小慈，还有一些她不认识的面孔。一个陌生的中年男人怀抱一个婴儿走了过来，使安波如坠梦中。

"你们是谁？我怎么会遇见你们？"

那些面孔露出神秘微笑，那个陌生的中年男人移步上前，让安波看怀中的婴儿。

安波望了一眼便悲恸起来，指着中年男人道："你又是谁？怎么抱着我的孩子。"

安波的母亲笑道："安波，他是你的舅舅呀，小时候还抱过你呢，你那会儿太小，早已不记得了。"

"是么？"安波半信半疑，"我现在在哪里？怎么会与你们相遇？"

安波的母亲是位白衣飘飘的半老徐娘，面目和蔼，一看就是知书达礼的知识分子，她对迷惑的女儿解释道："安波，我们刚来的时候也不习惯，过一段就好了。"

安波道："妈，我是不是死了，才见到你们？"

安波的母亲道："不可以这样说，你只是离开了原来的那个世界，上半生结束了，开始了下半生而已。"

"原来是真的死了。哪里还有什么上半生下半生？我这么年轻就死了，真是太不公平。"安波落寞道。

怀抱婴儿的中年男人在一旁道："你妈没说错，这里还有你的下半生要过，有什么值得难过呢。如果你觉得不公平，这个婴儿刚出生就到这里来了，岂不是更不公平。"

"让我抱抱孩子。"安波道。

中年男人把婴儿交给安波。

安波道："我是不是肯定回不去了？"

安波的母亲点点头，看见女儿难过地低下头，轻声劝道："何必一定要回去呢，那是个多么丑陋的世界呀。"

安波点点头，呢喃道："那个世界的确很丑陋，为什么非要回去呢。"

她这么一说，大家便松了口气。匡小慈跑过来，喜上眉梢道："安波，我以为再也见不到你了，没想到这么快就与你重逢。"

安波苦笑道："我仍感到恍如做梦。"

匡小慈道："在这里可以看到人间的一切事情，就像看电影一样，他们看不见你，你却能把一切看得清清楚楚。"

安波道："这么说，以后我要做的就是每时每刻看人间发生了什么事情，而自己不能参与。"

安波身旁的面孔暗淡下来，似乎被她点到了隐痛。匡小慈道："安波，你太悲观了，老脾气一点儿没改。在我们这儿确实比较孤独，却没有人间的烦恼，没有饥饿，没有疾病，活得多么轻松。"

安波冷笑道："活得轻松是因为我们什么也没有，没有饥饿，没有疾病，没有欲望，什么也没有，我们是鬼呀。"

安波哭了起来，中年男子叹了口气："你尘缘未尽，所以才看不透。"

大家沉默不语，看着月光下安波的躯体，它被晨曦薄白的光晕涂抹，显得栩栩如生。安波的母亲道："安波，你刚来，不习惯是正常的。天快亮了，我们要回去了。以后你要见我们，只须轻轻叫一声，我们就能听见。"

安波抹了一下眼泪，道："妈妈，我要去哪里呀?"

安波的母亲道："忘了告诉你，我们没有物质，都是住在人的耳朵里。你刚来，还须在阴阳两界间蝉蜕，直到影子消失，彻底在人间化为虚无。你会住进一个男人的耳朵里，因为那儿照不进阳光，晚上你可以出来。我们都是如此，女的住在男人耳朵里，男的住在女人耳朵里。"

安波道："没有了躯壳，还有性别之分吗?"

安波的母亲道："我们虽无躯壳，形态还是有的。阴阳之道，什么地方都是一样。"

安波说："做鬼也这么麻烦，我因男人而死，死后还要住在男人耳朵里，真是万劫不复。"

安波的母亲道："安波，那个世界的事就不要再去想它了。你现在还有影子，处于魂魄与影子分开的阶段，随着离开人间的时间越来越长，影子会越来越淡，等到身体被火化后，影子就彻底消失了。"

安波道："影子彻底消失了，就说明完成了阴阳两界的蝉蜕么?"

安波的母亲道："是的，天已亮，我们该走了。"

那些魂魄纷纷过来道别，安波叫道："妈妈，你住在哪里?"

安波的母亲回头答道："我住在一个叫少华的年轻人的耳朵里。"

话音刚落，那些身影连同安波怀中的婴儿都已无影无踪，安波跪在自己的躯体旁，掩面悲恸起来。

黑色八音盒、梧桐大街和撕开的录像带

　　站在清风拂面的窗台旁，邝亚滴捧着一只八音盒。这只八音盒饱满、娇小，通体墨黑，漆工极为精细。盒盖上是一朵小小的金色玫瑰，点缀在一角，如同一个孤独的忧思。八音盒的外形是半圆的，宛若舞会中的淑女帽，整个造型处理得干净流畅，是一件出色的手工艺品。

　　邝亚滴把八音盒放在窗台上，打开它，一段"叮咚叮咚"的音乐像小溪一样流进耳朵里。邝亚滴看着窗下的梧桐大街，来往穿梭的车辆印证了城市的喧闹与不安。邝亚滴喜欢以这样的姿态俯视这条大街，特别是这样的夜晚，街灯亮起来，闪闪烁烁的小光点串成一条不太光滑的绸带，给视野以一幅缀有诗意的图画，邝亚滴与安波并肩在这画上可以走上好长一段篇幅。与所有热恋中的情人一样，他们把枯燥的散步当作了浪漫旅程，在梧桐的伴随下并肩行走。

　　"先生，要马车么?"常会有这样的吆喝在这对沉醉于絮语中的情人身旁响起，这座发达城市保留了少量带牛皮雨篷的老式马车，它们代表了城市的高尚品位。对都市来说，品位是很重要的，甚至是必需的。的确，在散步劳顿之际，能

坐上一辆这样的活古董，感觉真是不错。

"不早了，我们回去吧。"安波道。

"好吧。"他装出意犹未尽的样子（其实脚掌已很酸疼了）。

于是马车把他们送了回来……

邝亚滴将目光从梧桐大街撤回，不知从哪个瞬间起，眼泪充盈了他的眼眶。

拉上窗帘，夜幕般的黑暗均匀地涂抹在房间的每一个角落。邝亚滴慢慢蹲下，户外吹过了一阵风，使刚拉上的窗帘幅度很大地抖动。风坚持了几秒，窗帘呈船帆的造型鼓起来，旋即被吸出窗外，在夜色中猎猎作响。这期间，一件物品被窗帘击中，小溪一样的音乐荡漾在无边的空间里。一记刺耳的碎裂声使邝亚滴回过神来，他把头探出窗外，已经晚了。

邝亚滴头冲下凝固了好久，临街的楼房下是坚实的地坪。由于光线的缘故，什么也看不见，但他清醒地意识到，他的爱情连同那只精致的八音盒被摔得稀巴烂了。的确，有时候虚幻的爱情会具体到一件物品的程度。

邝亚滴转过身，打开了蛋形顶灯，面对着眼前的废墟，的确是一片废墟，破坏力之强令邝亚滴感到震惊。因为他看见的并不是被砸坏的衣柜、矮橱、报时钟，也不是那盘被拉出内芯，并撕成破烂的录像带，他看见的是疯狂的安波正在哭喊中毁坏这一切的情景。他流泪了，不，他一直在流泪，眼泪的成分却是不同的，它们分别可冠名为痛苦、后悔、内疚、绝望。邝亚滴终于哭出声来，嘴唇哆嗦成一团："安波——难道我就这样失去你了。"

安波给他的回答则是："你这个该死的流氓，下流坯！"

这句话舞动在那盘录像带的贴纸上，笔迹潦草，甚至将厚厚的贴纸也戳坏了（那个感叹号的圆点）。可以想象，安波写这行字时，把笔当作了刀，把录像带当作了邝亚滴，她先是在情人身上一通乱砍，最后在他的胸膛上一记猛刺，用那个圆点把情人杀死在心中。

满脸泪痕的邝亚滴捡起了录像带，它至少被安波摔了十次，塑料外壳龟裂成几瓣，内芯被拉出，地板上有长短不一的断线，如同委屈的蚯蚓。邝亚滴喉咙里有难以疏通的堵塞感，他捏紧一截芯头往外扯，像拆一件毛衣一样动作飞快，终于，手势被卡了一下停顿下来。

"去你妈的。"窗帘再次在风中鼓起，在它被吸出窗外的一刹那，邝亚滴的身手像标枪运动员那样果断而敏捷，录像盒见缝插针地飞了出去。

耳朵里的旁观者

自始至终，吕瑞娘旁观着这个过程——她刚回来，少华便醒了。用指肚揉去眼屎，把窗户推开，呼吸早晨的好空气。这时草地上聚了不少人，正围着离开人世不久的安波。少华来到走廊上，伸了个懒腰，下楼来了。

少华站在回廊旁，侧身在地盂内吐出醒后的第一口痰。过了片刻，两名担架工抬着安波从少华身边走过。少华好像有点不大高兴，转身上楼，回到自己的病房。

吃过早餐，少华和往常一样开始翻阅晨报。不痛不痒的新闻使少华心不在焉，他瞄了一眼头版，把报纸翻向反面，注意力在一则寻人启事上降落。他重又走出病房，下楼从敞开的门廊来到开满向日葵花的后院，走进那座孤单的灰色小楼。

吕瑞娘看见安波躺在担架上，少华蹲了下来，迟疑着抬起手，撩开安波的头发，使其五官暴露，他神情突然恐怖起来，身上像装了·只压紧的弹簧，猛地跃起往外奔，以风的速度冲出了门廊，嘴里大叫了一声。

听到叫声的人围过来询问发生了什么事，少华不予回答，脸色惨白坐在草地旁的长椅上。人们看他不理不睬，便没趣地走开了。

少华就是这样一个人，性格内向，缺乏年轻人应有的朝气，是一个生活在人群边缘的人。

他坐在长椅上试图使自己平静，如果没有别的事（比如治疗），他可以在这里坐上整整一个上午，直到那位漂亮的护士杨冬儿在阳台上叫他："少华，吃饭。"

在此之前，少华就在硬邦邦的长椅上消耗时间，是一尊肉身雕塑，可以坐上几小时纹丝不动，让人不知他的耐心从何而来。

草地上有人在打羽毛球，两位姿势别扭的中年妇女，技艺不高却兴致勃勃，有一些实在滑稽的动作让旁观的病友笑个不停。少华没笑，他心思不在这上面，他对世事的冷漠与年龄构成鲜明对比，他现在的性格是疾病塑造的。这一点，他自己也清楚，没必要自欺欺人。

就在少华看着别人打球的时候，吕瑞娘也正在看着少华，这种格局很有趣，局内人就是局外人，反之亦然。少华好像有点烦，像是有什么事要去做，又下不定决心，不过最后他还是拿定了主意，慢慢从长椅上站了起来。

吕瑞娘看着少华走上楼，回到病房，挪开床头柜上的晨报，拎起了电话。

"喂，请接外线。"少华在床边坐下，把报纸摊在膝盖上。

吕瑞娘看见他对照着报纸拨电话：6974526。

"喂，请问楼夷在么?"少华对着话筒问道。

教练为自己开脱

教练身穿黄色 T 恤，脚蹬白跑鞋，虽已将近五十，看上去比年轻人还要强壮些（至少表面上看起来是这样）。由于他身份比较特殊，所以受到了比较特殊的审讯，警察用和颜悦色的口吻提着问题。尽管如此，深感屈辱的教练还是挑衅道："你们问我我是谁，你们不知道我是谁么？那我告诉你，我叫楼夷，市女子游泳队主教练……"

教练语调匆匆，欲滔滔不绝说下去，坐在对面的方脸警察摆摆手，微笑着示意他安静下来："你不必这样大声说话，你说的我们知道，我们还知道你曾经是世界冠军，可我们现在需要核对一遍，也是惯例。每一行都有自己的行规，希望你能配合。"

教练怒气未消："你们凭什么把我带到这种地方来？你们没这个权力。"

方脸警察道："今天让你来只是调查一些情况。作为公民，你有这个义务；作为执法机关，我们有这个权力。"

"我什么都不知道，你们找错人了。"

"我们还没提问，你怎么就肯定不知道呢？结论未免下得太早了一些。"

看着方脸警察逐渐冷下来的脸，教练的语气失去了硬度："好吧，你们想知道些什么，但愿我能帮上忙。"

"你认识一个叫霍伴的人么?"旁边一个眼睛很大的警察问道。

"当然认识，他是我助理。"教练道。

"你最后一次见到他是什么时候?"眼睛很大的警察问道。

"让我想想，"教练做沉思状，"大概半个月前吧，他去探亲向我请假，假期好像是二十天。"

"你最后见到他是在什么地方?"

"游泳馆，他给我送来一张请束，体育界人士书画摄影展。"

"那次展览在什么地方举办?"

"市立美术馆，为期四天，我是最后一天去的。"

"那时候霍伴是不是已离开本城?"

"是的。"

"你怎么知道他一定离开了?"

"他请假的时候已购好火车票,给我看过那张票,时间是星期天,展览会是星期一开幕的。你们问这些,到底霍伴怎么了?"

"他死了,我们怀疑他很有可能死于谋杀。"

"什么?怎么会出这样的事?"

"我们也很遗憾,所以希望你能配合我们的调查。"方脸警察道。

"楼教练,听说霍伴是你一手培养起来的。"

"可以这么说,他本来在区少体队,是我把他调到女子游泳队来的。"

"调来有多长时间了?"

"两年多一点。"

"平时你们接触多不多?"

"不多,除了训练,业余时间我们很少私下往来。"

"你说的这些全都属实?"方脸警察的脸阴沉下来。

"什么意思?"

"你能保证所说的每句话都与事实无误?"

"基……基本上不会有大的出入。"

"什么是基本上,我们能说霍伴这个人基本上死了,要不

就是死了，要不就是没死。基本上这三个字不是一种严肃的
说法。"

"当然，我和霍伴有时也会聚一聚，商讨一些业务上
的事。"

"一般在什么地方聚?"

"训练馆对面的小咖啡馆。"

"没有别的地方?"

"没有。"

"霍伴有没有去过你家?"大眼睛警察总在紧要关头插话。

"从来没有。"

"楼教练，"方脸警察叹了口气，"你不老实啊。"

教练明显感到冷汗在身上蔓延，先是脊椎，然后是整个
后背，现在额头上也在冒出来。他知道自己的心虚已暴露在
警察面前，在这种心理较量中，胜败仅在于一句话一种语气
甚至一个眼神，只要不慎露出破绽，便会兵败如山倒一输
到底。

"我没有不老实。"教练道。

"老不老实是你的事，相不相信是我们的事。"大眼睛警
察道。

"你们是不是怀疑我是凶手?"教练的脸变得很神经质，

是一看便知伪装出来的那种神经质。

"有人反映霍伴探亲前一天曾去过你家，有没有这回事?"方脸警察道。

"没有的事，这是造谣污蔑!"教练叫了起来。

"霍伴的尸体是在护城河浮起来的，经过法医鉴定，他并不是死于溺水，应该是被杀死后再放进河里去的。"

"你们怎么知道他就是霍伴?"教练道。

"我们有很多鉴定手段。你为什么认为他不是?"方脸警察道。

"我的意思是，他如果在河里浸泡了很久，应该是面目全非了，很难辨认吧。"教练道。

"你好像很担心把他认出来啊。"大眼睛警察道。

"那当然，我不希望他死啊。"教练道。

市长的到来惊动了医院

那些身影像梦一样出现又飘逝。亲友们走后，安波看着草地上的自己，哭了起来。很快，黑夜也要走了，白天露出了它最初的颜色，是一种如同灰色的白。草地上开始有人走动，还没有人发现她，不，她的躯体。

又过了一会儿，有一个人朝这里走来。这时的早晨换了一种颜色，如同红色的白，那是因为太阳的缘故，不知不觉它已从地平线上升起来了。后来的事情，便不是安波自己能决定的，那人走近后，骇然叫了起来，叫声招来了很多人，这些人简直不知从何而来。在淡红色的清晨，他们分散在草地边缘的树丛间，这些晨起锻炼的病人在叫声中不约而同聚集过来，围拢在安波身边。有一个人蹲了下来，用手检查安波的鼻息，又捡起她的手臂搭脉，两分钟后，摇摇头站了起来，叹息道："晚了，已经死了。"

安波看看那人，跟着站了起来，走到他跟前争辩道："我在这里，凭什么说我死了？"

安波说话时情绪激动，声音哽咽。但她发现自己的话根本不起作用，那人连同在场的人仿佛都没有听见，也仿佛面前根本就没有她的存在。安波绝望地背过身去。后来，医护人员也来了，当阳光挂在一片樟树叶上的时候，安波的躯体被两名担架工抬进了后院的那座灰色小楼。

在经过回廊的时候，安波看见了后来走进小楼中撩开她头发的那个青年。安波觉得这个年轻男人的脸真是苦不堪言，她从来没有看到过这么苦的脸，不是说他长得苦，相反，这张脸几乎算得上是英俊的。它的苦是皮肤内部的东西在作怪，皮肤内部的东西可以叫表情，也可以叫神态，可安波觉得用表情或神态都不能概括这种苦。安波明白过来了，这个男人的苦是在心里的，就像一棵叫悲伤的树在内心生根，如今在面孔上枝繁叶茂了。

安波正在打量他，男人恐怖地大叫一声，像风一样奔出了小屋，倒把安波吓了一跳。安波看了眼自己，眼睛还未合上，模样有点说不出来的怪异。安波心想，一定是自己的丑态吓坏了男人，伸出手试图把眼睑合上，手掌明明覆在了眼睛上，却连一丝风也带不起来，她无力再修正自己的形象了。

临近中午，来了几个人，有医生也有警察，还跟来了一条警犬。他们对着安波拍了几张照片，然后警察中的一个女性，在安波身边半蹲下来，戴上半透明手套，从安波身上取出了一只皮夹，倒出了里面的一串钥匙、三枚硬币、几张大票面的纸币、一张购物单据、一本呈屏风状折叠的通信录和一块萝卜形的绿宝石挂件。无疑，其中最有用的是那本通信录，女警察把它拉开，像在破坏一架微小的手风琴。这时有一片纸如同树叶般飘落，一位医生俯身将它捡起来交给女警察。那是一张四寸小照，照片上有两个人，一望便是父女。女儿梳着兰花发型，正是地上躺着的这个姑娘，这张留影距今有些年头了。当年的小姑娘好像还是中学生，她的父亲架着一副眼镜，不苟言笑的表情让人好生面熟。女警察辨认了一下，吃惊地把照片交给同事们观看，辨认的结果使大家面面相觑，都有点不知所措。

女警察打开了那本通信录，眼珠警惕地检索，让人一望便感到正在寻觅一个目标。果然，她露出了如愿以偿的神情，嘴唇努了一下，同事们便探过头来，他们脸色凝固起来，仿佛有一行字同时在脸上显映出来：这件事严重了。

警察和医生们耳语了几句，大家神色凝重，走了出去。

不多久，安波看见早先抬她进来的两个担架工出现了，那个年轻的又在抱怨："真烦死人，刚抬进来，又要抬出去。"年长的那个板着脸，瞪了年轻的一眼，年轻的便噤了声，很不情愿地配合着把担架抬了起来。

安波看见他们把自己抬出后院，从回廊旁的楼梯走上楼。楼梯是木头做的，踩上去有回声，具有某种摄人心魄的空旷感。安波被他们抬进一间宽敞整洁的病房，放在了一张同样宽敞整洁的病床上，两个担架工便出去了。

一会儿，进来两名穿白色长褂的年轻姑娘，一看头上的蝶状帽就知道是护士。她们推着手推车进来，口罩把秀气的面容遮了起来，扑闪着两颗明亮的瞳仁，睫毛像婴儿那么长。她们注视着病床上的安波，安波问她们叫什么名字，问她们多大了，问她们上班几年了。两名护士都不作答，一声不吭地用棉签擦拭着她的脸和手。安波心头一酸，明白和她们已不在同一个世界，说得再多，也听不见只言片语。她看见护士把自己收拾得干净了许多，从手推车上拿出一块簇新的白布，两人像晒一块床单一样把它展开，盖在她身上，把脸和脚都遮住了。

两名护士不声不响地进来，又不声不响地出去了。此后较长一段时间，没有人再来。到了中午，门口有了动静，出现了许多晃动的人影，好像在编排队伍一样。安波到门外观望，走廊上已拥满了人，有医护人员、警察、穿病服的病员和来历不明的人，好像在等什么重要人物的到来。安波知道他们在等谁，她觉得很迷茫，忽然觉得特别孤独，她想找人说说话，她想起母亲离去前说过，只要一叫，她就会听见的。安波便叫了一声："妈妈。"可母亲并没有出现。安波又想起了匡小慈，便叫道："小慈。"匡小慈也没有出现，安波有一种被欺骗的感觉，嘟囔了一句："说话怎么不算数。"

与此同时，安波看见父亲在楼梯口出现了，拥在走廊上的人自动让出了通道，父亲在几位陪同者的簇拥下走来了。

"真的是安市长。"安波听见有人在悄声私语。

安波看见憔悴的父亲走过来，不由得向旁边让了让，这个姿势完成后才意识到是多此一举，她看着父亲走到了那张宽敞整洁的病床旁。

簇新的白布被掀开了，栩栩如生的安波闭着眼睛，跟随进来的医院领导看着安市长，脸色肃然。

"早晨在草地上发现她时已经去世了。"一位戴方框眼镜的老医生告诉市长。

安市长点点头，眼眶是红的。

"需要不需要检查一下死亡原因?"

安市长摇摇头道："不用了，不要再去打扰她了。"

在病房里待了十多分钟，安市长把白布重新给安波盖上，向随同而来的一名戴玳瑁眼镜的中年人交代道："葛秘书，请你协助院方把后事料理一下吧。"

摇晃的房间。摄像机的主题

触景伤情，邝亚滴知道安波再也不会回来了。在这间充满欢喜、欲望和回忆的房间里，将没有美丽的安波。

吧嗒一声，灯熄灭了。

狼藉一片的空间立刻浸淫在黑暗里，使目光感知不到混乱。邝亚滴一个人守候在这织布一样漫长的寂寞里，寂寞难耐，难耐的寂寞。

终于，邝亚滴听到了若干年前那个夏夜的第一声喘息。伴随着那声喘息，整个房间缓慢而有力地摇晃起来，像是在配合那种草席上的节奏。邝亚滴含住女演员的舌尖，窒息式的接吻，目光迷乱的女演员的脸，他加快了身体的速度。

"快，快，别停下来。"女演员快背过气去了。

邝亚滴没有停，他很用功，他一贯是个用功的人，他的用功有时会给人以过分之嫌，这是他的秉性所决定的。秉性是无法修改的，否则就不是秉性。邝亚滴感到自己像一匹驰骋的鸵鸟，被一根无形的鞭子抽打着，向危险的沙堆跑过去，再也收不回前腿了。

"滋味好么？"邝亚滴喘息道。

"好极了，不要停。"女演员扭动着胯部。

"解馋吧？"

"不，我更馋了。"

"你的声音真可怕，我以为要吃了我。"

"我就是想吃了你，喜欢我么？"

"你真是太好不过了。"

"说，喜欢我。"

"喜欢你。"

"喜欢我什么？"

"一切。"

"一切是什么？"

"别再问了，别逗我说下流话。"

"就是要听你说下流话。"

邝亚滴尴尬地笑了，脸垂下来，埋进女演员丰腴的乳房里："我说不出口，我不能说，一说就会一泻千里。"

女演员推开邝亚滴，爬起来与他对视，先是表情严肃，接着一发不可收拾地笑起来，等她笑完，才发现房间里灯火通明，邝亚滴手臂上架着一台摄像机，赤身裸体地在她面前走来走去。

"干什么你？"女演员本能地用衣服把身体遮住。

"别，别遮。"邝亚滴结结巴巴道。

女演员的表情充满迷惑，她没有松开堆在胸前的衣物。邝亚滴走近了，他的阳具仍像一把警惕的枪做出随时要射击的样子。

女演员恶作剧地用指甲弹了它一下："亏你想得出来。"

"别闹，不是闹着玩的，弹坏了配都没地方配。把衣服拿开好么。"邝亚滴道。

"你要干什么呀。"女演员的衣服从胸前滑落下来。

"留个纪念。"邝亚滴道。

"我会想你的，"女演员从草席上爬过来，"把摄像机给我。"

"干什么?"

"给你也留一个纪念。"

这个分别的夜晚，激情像漫延的河水将邝亚滴和他的情人淹没了。他们互相用摄像机拍个不停，羞耻心不知哪里去了，最后，他们把摄像机固定好，在它面前做起爱来。同样没有羞耻心的镜头一眨不眨地看着他们，把这一幕完整记录下来。

房间又开始摇晃起来，正在成为摄像机的主题。

终于，一切平息下来。

女演员从他的生活里消失了。据说嫁给了一个有钱的老头。疏忽或者遗忘，她没有向邝亚滴索回那盘录像带。后来，邝亚滴也没有再放映过它，他把这盘录像带藏了起来。认识安波以后，想把它找出来毁掉，找了半天也没踪迹，他想，也许在处理杂物时一起处理掉了，就渐渐忘记了它的存在。

现在，少华挂上了电话

现在，少华挂上了电话，话筒那头是如下答复："我是楼夷，请留下你的名字和电话，我将尽快与你联系，谢谢。"

少华有些失望，也有些许正中下怀的释然，听筒在他手中逗留了十几秒，然后回到了它原来的位置。这是一只老式拨盘电话，听筒搁下的时候，叉簧很清晰地发出了声响："咔嗒。"少华发现这个音节与他的心跳很合拍，他笑了一下。

如此，这个生活的小插曲对少华而言，便可以说是结束了。他不会再过问此事，因为原本就与他不相干。他不过是被好奇心驱使了一下而已。现在，他本就不牢靠的好奇心被那段电话录音销毁了。这也容易理解，他本就是对世事漠不关心的人。

少华挂上电话，回到无所事事的状态。他习惯了这种状态，人一旦慵懒麻木起来，是有惯性的。任何人都不能改变少华的自暴自弃，人们甚至拿不出合适的语言来宽慰他。如果你的面前是一个注定将不久于尘世的人，你能说虽然你要死了，但你要振作起来，你还是有前途的？说这种话的人一定会遭到天打雷劈。一个要死的人，他的前途就是没有了。

当然这个世界上的人迟早都会没有，可那不一样，一千个人，有一千扇死亡的门。少华的这扇门，太近了，让他无法绕开，谁都没办法替他绕开。

有一次，他反劝前来探望的医学院同窗道："你们知道这是一件永远无法解决的事，逃避它的唯一办法就是从来没有过你，可这件事你同样无法决定，你是劫数难逃。"这段话听得同窗们黯然神伤，他们一定也看到了自己的归宿，于是他们把给予少华的怜悯交给了自己。的确，这并不是一件可以给予同情的事，它是多么公正。

发生在少华身上的悲剧使这个才华横溢的年轻医生意志崩溃，一个将死之人比常人更能体味到什么是生命的消失。事实上，怕死是一种比死更复杂的体验。它比死亡本身更庞大、更具体、更无中生有。它可以推翻一切精神和物质，就像一个霸道的黑洞般的细胞，吞没掉所有的理想和梦，把当事者变成植物、金属或水珠，什么也不能想，什么都无法想，任你曾经多么聪慧、高贵、富有，都救不了你，什么都在离开你，你也在离开你。人死如灯灭，少华这盏灯，要灭了。

确诊的那天，整个医院都震动了。谁都不愿相信这件倒霉事会降临到少华身上，当即，几个暗恋少华的护士趴在桌上哭了，她们像鸽子一样跃动的肩膀仿佛在述说着某种不平，少华是她们心中的白马王子。他风度翩翩，谈吐文雅，尽管有那么多女孩子喜欢他，但是从未传出过绯闻，他对任何人都彬彬有礼，用这种方式拒人于千里之外。他似乎没有亲近的朋友，却乐于帮助每一个有求于他的人，他出身豪门——这座已是医院的庭院当年便属于他当绸缎大王的外祖父——从没有虚张声势的言行，刚过而立之年，已是拥有博士头衔的副教授。总之，他的美德与品行不知从何而来，然而这一切都将随着生命的消逝一去不返。没有人不为他感到惋惜，使用频率最高的一句话便是："好人难长久。"

作为特殊关怀，医院腾出了一间独立病房，房间不大，朝向很好，光线明亮。为挽救少华的生命，医院成立了专门的医疗小组，配备了最好的器械和最昂贵的药，可谁都知道，一切努力的收获只是拖延。别看少华现在精神和胃口还不错，这不过是迷惑外界的表面现象。皮肤成不了真相，少华的真相在体内，在那个看上去并不强大的块垒上，就是那个块垒，有一天会把他撑满，挤干他的血液和骨髓，使他在疼痛与绝望中撒手归西。这一天不知何时降临，作为医生的少华明白，越来越逼近了。

少华挂上电话，靠在窗上站了片刻，他尽量什么都不去想，然而这不但困难，甚至是不可能的，他如此聪慧，会让脑子歇着么？或者换一种说法，那么聪慧的脑子会停摆么？少华必须走动了，他出了病房，下楼来到草地上。

他在树荫下散步，空气并不十分新鲜，但比室内还是要好一些，少华平静地走着，脸色比步履更平静。也许漫无目的的行走能使脑子空白一下，不过，这个状态很短。走着走着，他好像清醒过来，意识又回到了脑子里，他又要跟思绪里的幻灭感去搏斗了，死亡的烦恼是多么深重，它怎么就不能被赶跑呢？少华的痛苦在心里一次次粉墨登场，他又坐到那张石凳上去了。

后来的场面让少华从苦思冥想中暂时摆脱出来。他看到进出医院的那条小马路突然热闹起来。警察、医生、护士和一些不明身份的忙碌者来回穿梭，从他们的神情上可以判断，他们遇到了棘手的事。后来，少华还看见了院长、副院长等医院领导在布置着什么，预感告诉少华，这里将会来很重要的人物，而且他隐隐觉得，医院里发生的这一幕与早晨草地上的那个死去的美人有关。需要说明的是，他虽是随便猜测，不过，确实猜对了。

发黄的照片与回忆

安波看见父亲在医院领导的陪同下走出了病房。她紧随其后，跟着一行人进了贵宾室。医院领导诚惶诚恐，翕动着嘴角，要解释些什么，最终还是把喉咙口的话咽了下去。一个模样斯文的老医生走到安市长面前，递上一个纸盒，打开，里面是安波的遗物。安市长点点头，合上纸盒，讨来一根绳子仔细扎好，抬头道："那么就这样了，谢谢你们。"医院领导不知说什么，诺诺而退，看着安市长拎着纸盒走出了迎宾室。

医院领导跟在后面，安市长回头道："好了，别送了，留步吧。"医院领导还是送了一程，一直送到医院的那条小马路上。

安市长钻进了汽车，挥手告别："好了，留步吧。"

大家这才怅然若失地目送小汽车远去。

安波没有回病房去，随同父亲坐进小汽车内。车轮滚动起来，安波看见两鬓染霜的父亲流下泪来。

安市长的手背已生了老人斑，手掌摩挲着那只纸盒。混浊的泪水大颗大颗从眼角滚下，顺着脸颊掉落在盒盖上。这是安波头一回看见父亲流泪。她多么想与父亲抱头痛哭一场。可她失去了身体，失去了泪腺，恐怕很快连情感也会失去，成为一个无动于衷的幽灵。

此刻，安波只能作为一个旁观者看着父亲，纵有千言万语，却无法与他交流。父女俩坐得那么近，相隔的距离又何止千山万水。

小汽车在城西的一幢新式大厦前停了下来，安市长下了车，电梯将他送到了最高一层。市长推开一扇门，那是一间很大的办公室，有一张很大的写字桌、一排很气派的柜子和另一排更加气派的沙发。安市长在属于他的那张大皮椅上坐下来，解开绳子，把纸盒打开，取出里面的物品。应该说，东西并不多，他的手在里面抓了两次，第三次便扑了个空，他脸上明显晃过一丝惆怅，女儿留下的遗物实在是太少了，他不甘心地把纸盒挪到眼前，看了一眼，确定它真的空空如也，才将它扔进了废纸篓。

很大的写字桌上，零乱地放着安波的遗物。安市长一件件把它们摆放整齐，用湿润的目光凝视它们。他的注意力很快集中在那张已泛黄的四寸小照上：梳着兰花发型的安波把头靠在他的肩上。这幅亲昵的画面带给安市长的是漫漶的泪水，他摸出一块手帕，很快就哭出声来。

发黄的照片挟带着的回忆像雾一样扑面而来，安市长抵挡不住情绪的崩溃，用手帕护住了眼睛，他能感受到泪水正在濡湿手帕，这幅情景与那个伤心的午后是多么相近。

……午后的火车站，安文理站在月台前，恳求一位白衣女子不要离开这座城市，他希望一切从头开始，白衣女子坚决地摇了摇头，跳上了北去的火车。

他向着远去的火车逆风呼喊，声音被悠扬的汽笛声撕碎。

白衣女子临上火车前，留下的最后一句话是："不是谅解或者不谅解，而是命运注定了我们有缘无分，既然如此，就不该违背天意。"

安文理大叫："你不能就这样走了，孩子生下来便没有父亲，实在太残忍了。"

白衣女子的脚已踩在踏板上，紧握住车门旁的扶杆，她回头一瞥，眼睛里的含义复杂透顶。面对这束目光，安文理目瞪口呆，他知道这束目光背后预示的将是漫长的甚至是永久的分离，他再也控制不住，任由泪水夺眶而出。

果然，安文理并未猜错，当他们再次见面，光阴的流水已淌过了整整十五年。这期间安文理的仕途走得稳健而扎实，从并不起眼的粮食局副局长一直爬到了市计划委员会主任的位置，而他当年的妻子也已成了一位颇有影响的言情小说家

（这是安文理事后才知道的）。他们的相会同样是在火车站的月台前。这次，安文理见到了亭亭玉立的女儿安波。他百感交集，不知说什么好，安波长得与她母亲太像了。形似不如神似，连她们的举止都是一个模具拓出来的，血缘的力量真是强大。安文理看着女儿，多么希望她能叫自己一声爸爸。安波没能叫出这个称呼，他们之间实在是过于生疏，哪怕安波眼中已流露出对亲情的渴望，仍不能轻易使那个神圣的称谓脱口而出，少女安波把头垂了下去。

安波的母亲仍是当年那身装束，她已是中年妇人，白色显然已不再适合她，十五年过去了，皱纹在她的眼角隐约出现了。她此次来，是要把苦心抚养大的女儿交给安文理，这使安文理既意外又感动，他把这两种心情明白无误地写在了脸上，直瞪瞪地盯住他曾经的妻子，恍如在问："你葫芦里装着什么药？"

安波的母亲叫吕瑞娘，当年是一名舞蹈演员，岁月使她憔悴，也使她沉静，迎着安文理的目光，她淡然一笑："她是你女儿，姓也是你的，你要好好爱她。"

安文理道："我当然会好好爱她，补偿做父亲的责任，可是你呢？"

吕瑞娘不语，眼圈红了。

此情此景，安文理鼻子不禁一酸："瑞娘，回来吧，该团聚了，我们还有几十年可以过，共享天伦之乐，多好呀。"

吕瑞娘苦笑着摇头："我们注定了有缘无分，这是一件无法强求的事。"

安文理知道，外表文弱的吕瑞娘，性格却刚烈耿直，她既然用了断的口吻说了这番话，就是再劝也是枉然。安文理没有办法，心里难过得没法说，他悔恨当年的一念之差酿成苦酒。世事就是如此，种什么种子结什么果，让你休提早知今日，何必当初。

少女安波回到了父亲安文理身边，三个月后，吕瑞娘病死在医院里。安文理这才明白吕瑞娘是临终托孤。安文理知道，如果不是吕瑞娘深知自己将不久于人世，如果她还健健康康活着，他也许永远也见不到女儿。想到这里，他的情感纠结而迷乱，似乎悲痛之间夹着一丝庆幸。他知道自己不该这么想，他真想把这个罪过的念头放在脚下用皮鞋碾成粉末，如果不是这个动作实在难于实施的话。

于是他点燃一支烟，吸了一口，把它当作替代品丢在地上，用鞋尖挤碎了它，他的心都快碎了。

安文理的思绪回到这张发黄的照片上，靠在他肩上的女儿已不在人世，白发人送黑发人，这种切肤之痛任何言语都拙于表达。安文理先是低声啜泣，最后像一个孩子似的张开嘴大哭起来。他这样痛不欲生的号啕，令一旁的安波一分钟也待不下去了，她觉得再在这儿看着父亲哭泣就是罪过。父亲在女儿面前涕零悲泣，女儿——哪怕是一个死去的亡灵，也不该旁观。安波是个传统的姑娘，在她的人生哲学中，父亲的眼泪是一种隐私，窥视这种隐私同样是违背伦理的，她悄然隐去了。

私家大宅的不速之客

那个不速之客外貌相当斯文，整张脸的布局流畅、对称，称得上是英俊小生。这个人的打扮与他的面容略有反差，衣着是宽松式的，穿了一双网格皮鞋。风一吹，衣服噼噼啪啪抽打，把并不健壮的身体裹了起来，使他的形象显得多少有点贼头鼠脑。

不速之客站在这块近郊的土地上，孑然孤立的私家大宅背对着一条河。他在河边站着，已经相当熟悉这幢房子的构造了，他的身份是一名电话工。

这个人是从窗户进入室内的。在此之前，他戴上了手套，用很厚的棉布把那双带点流气的网格皮鞋包了起来，他用一把刀片弄开了窗子，身轻如燕地跳进室内，反手关上了窗。

室内与室外的反差太大了，一眼便可以判断，主人是一个谨慎的敛富者。整个住宅的外观十分平常，内部则颇为奢华。我们且不去描绘装潢的细节，只须这样说，绝非普通收入者可为之，甚至连一般富裕人家也勉为其难，房子的主人必定不是等闲之辈，电话工将会获得丰裕的收获。

从以上描述不难看出，这个外表斯文的电话工是个贼。一个人如果把贼当作谋生手段，至少要具备两种素质：胆大和心细。贼一般都是比较聪明的，而且都有很敏锐的预感。这个贼就是这样，虽然还很年轻，但已是这一领域的行家里手。更何况他作案比其他贼有个优势，因为他的职业是电话工。电话工是专门为用户安装和维修电话的，可以合法地在房屋里东张西望，在脑子里画好一幅地图，以备后用。

这段日子，这个第一职业是电话工、第二职业是贼的年轻人，不断给这户人家打电话，探究的结果是，这幢私宅白天很少有人在家，话筒那头总是在重复那句："我正外出，请留下你的名字和电话，我将尽快与你联系，谢谢。"

电话工心里暗自好笑，觉得这位寓公聪明反被聪明误，企图以貌不惊人的外墙迷惑外界，没想到免不了仍被洗劫一空的命运。电话工发现这很像那个稻草人的故事，农民用稻草人迷惑贪嘴的鸟，最终还是被鸟察觉了。不过电话工也承认，如果不是因为自己职业的便利，他也许不会对这栋私宅产生兴趣，偏偏自己走进了这栋房子，又偏偏自己是个贼，这便是人们常说的偶然，电话工认为宿命更为确切。那个叫楼夷的教练注定了要破财，自己注定了要发财，电话工认为这个解释很对自己胃口。

电话工进入室内，他确定从窗口跳入时没被人发现。大宅建造在河水拐弯处，是个死角，公路在三百米以外，他是从后窗跳进来的，如果河里没有船就不可能被发现，因为河对面是一堵又高又长的围墙，围墙外是一家印染厂。厂里排出的染料常常使河水红了蓝，蓝了绿，比如现在就是红的。

为了这次行动，电话工等了很久，迟迟没有付诸实施的原因是为了万无一失。这是贼常有的心理。贼毕竟是贼，行动之前不怕是不可能的，特别是一次有预谋的行窃。哪怕有很大把握，也会拖延一段时间，好像那段拖延的时间就是一份保险单。这情形有点像结婚，到了节骨眼上总有一方（多数是女方）会提出等一等，再考虑一下，其实心里已迫不及待了。

出发之前，电话工又拨了一次电话，电话号码是他安装时记下的。屋里仍旧没人，还是那段重复的录音。电话工出了门，半小时后赶到了目标附近，为以防万一，他又打了一次公用电话，屋里照旧没人。他便沿着河走来，像变戏法一样出现在屋里，他的动作连贯自如，称得上身手矫健，毕竟，这是一个年轻的贼。

这个年轻的贼在房子里辨认了一下方向，便直奔主题了。他的目光里流露出贪婪。他来到了一排书橱前，凭着记忆，抽出了如下书籍：《邓肯传》《体操技巧手册》《美学》《古典离别诗词欣赏》《草叶集》和《贺年卡设计》。应该承认，用出手不凡这个词语来形容这个贼是恰当的。因为他抽掉这些书后，暴露出来的竟是一只隐蔽的保险箱。它是与书橱连在一起的（上次排电话线时，电话工无意中发现了它）。这个贼的记忆力确实非常好，他并没因为胜利在望而冲昏头脑，他在搬动那些书时没弄乱它们，而是轻轻放在一张椅子上。这时电话铃响了。

电话工吓了一跳，安下神后，他加快了手里的动作，他打开保险箱的手艺同样出类拔萃。说实在话，如果世界上必定要有贼这样一个行当的话，这个电话工简直就是一块天生的材料。他把才智全用在了偷窃上，连开保险箱这样精密的设备也成了小菜一碟。密码无非是电话号码或出生日期，这两样他都有（出生日期是登记装机时留下的），他成功了。

　　财物比他想象中还要多，除了钱和存折，还有大量珠宝首饰，在此我们没必要去衡量它们的具体价值，反正在前后不到三分钟的时间内，这个世界上有两个人变换了角色，一个成了富翁，另一个则已可能破产。

　　电话工这辈子肯定没看到过这么多钱财，他的心脏快变成鸽子从喉咙口飞出来了。他从口袋里摸出了一只折叠式皮包，把战利品一股脑儿全收编了。然后他把保险箱关上，将那叠书放回原来的位置。刚要离开，电话铃又响了起来，他骂了一声，捂住突突乱跳的胸口，打开窗，跳了出去。

　　这个贼在河边把手套和鞋上的厚棉套脱下来，在里面塞进石头，沉进了水里。进入市区以后，买了新鞋，把网格皮鞋烧了，皮和塑料发出的臭味真让人受不了，贼也有点受不了，不过他还是捏住鼻子看着它们变成了灰烬。干完这一切，他便从这个故事里消失了。

声音制造者的爱恋

　　在滂沱大雨的梧桐大街上，风中摇摆的伞成了摆设。邝亚滴裤腿已湿透，这场雨正试图把大地变成泽国，水漫上来，浸没了邝亚滴的脚踝。这情景让人联想起雪地上的行走：一只脚艰难地拔出来，另一只脚又被吞没。唯一的差别是，雪地留下了足迹，而水即刻复原，令人丧失信心。

一辆老式马车经过邝亚滴时，忽然放缓了速度，牛皮雨篷撩开，探出半张面孔，一个姑娘的声音被雨声打湿："嗨，上来躲躲雨吧。"

到此刻为止，邝亚滴并不认识这个好心肠的姑娘。他朝她看了半眼，真的只是半眼，素昧平生，他不好意思完整地注视人家。

马车重新跑动，他坐姿不适，试图移一下，却发现动弹不了，似乎大脑临时管辖不了肢体。姑娘往里挪了挪，两个人沉默少顷。看得出邝亚滴喜欢身边这个姑娘，否则不会显得如坐针毡。相比之下，对方要坦然许多，表情沉静，正视前方，看得出来，她纯粹是在做一件好人好事，没有任何其他想法，那么只好由邝亚滴厚着脸皮没话找话了。

"小姐往哪个方向去?"邝亚滴道。

"笔直向前。"声音里有一点硬度。

"那是大海。"邝亚滴故作惊讶状。

没有回答，浅笑了一下。

"也许你是海的女儿。"像是发现了一个秘密。

侧过了头，目光里缀了一个问号。

"童话里说海的女儿是最美的。"恭维话中的神来之笔。

"你是电影台词专家?"她讥讽地看了他一眼。

"你猜对了。"声音上扬,又是一个惊讶状。

"什么?"目光里再次出现一个问号。

"我在电影厂上班。"语调转向诚恳。

"演员?"问。

"不,我是声音制造者。"答。

"声音制造者?"目光里第三次出现问号。

"谢谢你让我躲雨,我想请你共进晚餐,吃饭的时候慢慢聊。"话锋一转。

"这样啊。"好像预料到会来这一手,露出意味深长的微笑。

"答应了?那么明天五点在星期五餐厅。"自作主张。

"声音制造者是什么?"未置可否,引回原来的话题。

"抱歉,只能明天让你知道答案了。"诱饵。

"既然不愿说,就把答案藏着吧。"拒绝上钩。

"那太遗憾了,我这个人崇尚完美的结局。"不卑不亢。

"你这个人有点自我中心。"佯怒。

"以后你会发现并不像你说的这样。"确实自我中心。

"我们萍水相逢,下车后——"还未说完。

"现在呢?"此处打断甚妙。

"我倒想看看你葫芦里卖的什么药。"终于上钩。

"你不会失望的。"兴奋之情溢于言表。

马车拐了个弯(再笔直向前真是大海了),沿着堤岸向右跑去。照理,邝亚滴应该反向而行,但他总得先送一下身边的这个美人,哪怕雨再大再厉害,也得先把心仪的对象送到目的地。虚伪的说法是,一种绅士风度,诚恳的说法是,追女孩的前奏。

事实上,邝亚滴应该感谢这场暴雨,这场雨为他送来了安波,当然,我们也可以反过来说,风雨让安波有了邝亚滴。的确,无论从哪方面看,这都是一对很般配的年轻人。

……这是星期五餐厅,他们面对面坐着,彼此的神态都有点不舒展,背景音乐编织出浪漫的气氛。城市里的爱情故事一般都是从这种小资产阶级情调开始的,这似乎已是约定俗成,从中也可以看出现代人的爱情是具有装饰性的一种情感,与所有饰品具有共同的特征:精致、敏感、易于破碎。

邝亚滴从口袋里摸出一只随身听。

"这就是我葫芦里的药。"他按下按键,把两颗纽扣耳机递给安波。

安波听到了这样一些声音:古老木梯上的脚步声、水流声、枪声、马蹄声、翻书声、针线落地声、风声、出拳声、雨声、开门声、回声、蝉鸣声、蛙声、撕布声、撕纸声、淬火声、井中汲水声，以及落叶的沙沙声。

看着安波迷惑的眼睛，邝亚滴笑了："我是一名拟音师，这是我昨天晚上做的。"

"真是可怕，连声音也能做得这么像。你是怎么做的?"

"其实很简单，只要一团纸、一杯水、一块木块、一根布条和一片铁片就能做出你想模仿的所有声音，当然，有时候也需要借用一下麦克风。"

"可怕。"安波抿了口茶水。

邝亚滴当然知道安波所说的"可怕"不是恐怖，而是赞叹的同义词，比方她也可以说出这样一个词：了不起。但那语义里的味道就要大打折扣，就会因为过于直露，而失去一些戏谑的成分："人真是了不起，连声音也能做出来。"这样的话，意境要浅得多。

虽是初次约会，但邝亚滴明白自己爱上对面这位姑娘了。虽然一切还只是开端，邝亚滴却无来由地担心起来，脑子里考虑的问题竟是：如果我失去了她该如何?

其实未曾得到又何尝谈得上失去? 可我们并不能因此就说邝亚滴是一个患得患失的人，他只是生了一种叫一见钟情的病。这种病的症状就是朝思暮想、疑神疑鬼、自寻烦恼。

邝亚滴的爱是认真的，绝非冲动使然。他的爱是纯洁的，他接受了安波的全部，包括她曾经有过的一次婚姻，和曾有过一个已夭折的孩子。他第一次看见安波的裸体——因为生育过而显得丰韵成熟——是在相识半年之后，在秋高气爽的季节，他们完成了第一次做爱。

放在整个城市的背景来看，他们的情爱关系并不算操之过急。在贞操观日渐淡漠的今天，结识不久便上床的情侣已非鲜见，邝亚滴与安波有过性经验，相识半年后才跨过那道界线，说明维系他们的并非单纯的情欲，他们相见恨晚，彼此端详，彼此克制，不急于去完成那件事。在此之前，甚至没有牵过手，他们知道，要免于接触，否则身体会沦陷于瞬息之间。

这天下午，她在沙发上看碟，他侧过来看她，禁不住握住她的手，从额头的接触开始，鼻尖碰到了鼻尖，嘴唇起先是凉的，当舌尖与舌尖相遇，嘴唇宛如有了温度的吸盘，被口水涂湿的耳垂使她酥软，他把她抱起来，坐在自己腿上，她用垂乱的发丝遮住深吻，任由他解开裙扣，把丝质衬衣从腰身里抽出。他忘了剃须，短胡茬擦过她的脖子，他拢住她因为生育而略显松软的胸部，野性在腹内发亮，当他含住她乳头的那一秒，这个世界上已没有任何休止符号可以阻止他们的激情。

他们酣畅淋漓，身心达到了真正的统一，他们心中明白，这样酣畅淋漓的做爱一生中可能只有一回，他们都哭了，哭完了问对方。

"你为什么哭？"

"你呢？为什么哭？"

"我爱你，所以忍不住哭了。"

"我哭了，也是因为爱你。"

于是他们又哭了起来，喜气洋洋的泪水从眼角流下来，那情景谁见了都会感动一番，多么好的爱情，像牛奶那么纯净，像蜂蜜那么甜。

这么好的一场爱情被一盘录像带毁了，伤心的邝亚滴坐在地上，抽泣起来。

多次的诞生和小径分岔的花园

少华回到那间属于他的病房。吃过午饭，休息了一会儿，然后开始阅读，这是他患病之后每天必做的功课，其实是借此消磨烦恼的时光。

起初读一些趣味读物，没咀嚼便消化掉了，于是找来一些要动动脑筋的书籍，阅读速度大幅减慢了，床边堆起了东方的经书和西方的宗教典籍，改换图书品种的目的是试图从阅读中寻找生命的真谛，从而抵抗对死亡的恐惧，他在寻找答案，说服自己不再怕死。

他想弄明白的是，是什么使人对死亡如此望而生畏，把这个搞清楚了，才可能坦然面对。的确，他得为自己找一个理由，哪怕是自欺欺人，必须得有一个自圆其说的理由。

他被这个问题纠缠得头昏脑涨，后来神志中跳出了"妒忌"这个词。他认为死亡是一件过于个体的事，一个人死了，其他人还活着，这个死去的人永远被抛弃了，必然嫉妒别人的生存。如果有这样一种假设：世上的人同时全部死去，那么，人对死亡的恐惧就会小得多。人对世间的留恋，事实上是对人类大家庭的留恋。只要人类一息尚存，个体的人就永远惧怕死亡，一个人去往那个陌生的世界，是一件多么孤单无望的事呀。

读书疲累，目力惺忪，少华揉了揉眼眶，当他再次睁开眼睛，看见一本摊开的书随意翻卷着——是吹进窗子的风使它保持这个形态——书很新，少华捧到眼前闻了闻，有一股淡淡的油墨味，合起来，看到了书名：《风俗》。

少华打开了书，零乱地翻阅着，神态像打坐的僧侣。五分钟后，目光被一行黑体字吸引住了，这是一个小标题——"多次的诞生"：

缅甸墨吉地区的居民至今还按照传统的风俗习惯计算年龄，小孩刚一出生，他们的年龄即为六十岁，过一年后反为五十九岁，以后依年递减，当过完一岁生日，也就是实际上的六十岁时，就算第二次诞生，这时的年龄算为十岁，过一年后为九岁，又依年递减。当再次过完一岁生日，也就是七十岁的时候，为第三次诞生。到八十岁的时候，就算第四次诞生了。所以活得久的人都算作一生中诞生多次的人。

少华把这段文字一连看了好几遍，忽然想起了什么，起身找来博尔赫斯小说集，翻出其中一篇《小径分岔的花园》。

这个篇幅不长的小说前几天他刚读了一遍，再次把它找出来，是觉得文中那个迷宫与他此刻读到的缅甸风俗有一种瓜葛，两者的联系究竟在何处，却说不出来。

少华陷入了苦思冥想：缅甸墨吉人为什么要这样做？这种计算年龄的方法本质是什么？它带给墨吉人的死亡观是什

么？难道一个"诞生"多次的人真的会不再恐惧死亡，因为他已经"赚了"？

事情绝不会如此简单，墨吉人的本意可能是善良的，所以才撒了一个敦实的谎言。可大自然从没有说过人只能活六十岁，也没有说过人一定能活过六十岁，墨吉人的这个风俗其实是反自然的，甚至是残忍的。少华想起了中国的一句谚言，人生七十古来稀。在这里，七十岁也成了一道寿限，与墨吉人的六十岁如出一辙，《小径分岔的花园》里那个中国古代的总督，写了一本迷宫式的书：主人公在第三回死了，第四回又活了回来。也就是说，六十岁的墨吉人明明可以死了，却又活了过来。方法很简单，只须不断加上十岁，不断自我蒙骗，加出来的岁数其实就是那个总督的迷宫，最后它在生命中开始分岔，会合处却是一样的，那就是死亡。

死亡是唯一的花园，在走进这座花园之前，人类拥有了无数迷宫以及无数分岔。那些分岔的小径代表了身体的最微小的部分，它无限分岔，可以是皮肤，可以是血液，可以是一些最细小不过的经脉，条条小径通向死亡。

死亡把每个人区分开来，使人间成为一个永恒的虚幻之地。从理论上讲，人与人之间是不可能相遇的，因为人的一切都取决于时间，而时间也在分岔。世界上没有两个人会在同一时刻出生或死去，人注定了是个体，甲与乙今天在一起喝酒，可他们并不是一个世界的人，因为乙明天就要死了，乙明天的死将使今天的喝酒变得没有意义，因为甲永远拿不出他曾与乙喝过这顿酒的证据，当事人的死亡使所有类似证据的证明都变得子虚乌有。少华似乎明白过来了，他跟所有人的关系只是水中花镜中月，经不起推敲，哪怕自己活得再长，都不会绕过那座花园。愚昧的墨吉人和好不到哪里去的中国人其实是一个人，也是一亿亿个人，分岔的小径将会告诉他们，何处是花园。

两个女孩和电视收视率

　　楼夷在电视台贵宾室喝茶的间隙，两个女孩朝他走来，一看就是刚从大学校门里出来的女生，不施粉黛，气息中有类似茉莉的清新。"毕竟是年轻姑娘。"楼夷不露声色，心里赞叹了一声。

　　走在稍前的那个女孩，穿着格子衬衫，自我介绍说她和她的同伴（也就是稍后的那个把头低着的穿泡泡纱的姑娘）是电视台实习记者，然后说了前来的意图，准备邀请大名鼎鼎的楼教练参加一项电视栏目收视率的抽查。不定期为电视台提供收视档案，这项活动将在全城展开，总共要有一万名来自社会各个层面的志愿者参加，以便概括出各频道的时段收视率，作为节目制作组的参考，也作为提供给广告客户的数据资料。

楼夷一开始没应允，其实心中已经答应了，不过是想逗逗两个女孩，果然穿格子衬衫的姑娘急了，她一着急，正中楼夷下怀，像煞有介事做沉吟状，使这件事看上去尚有挽回的余地。穿格子衬衫的姑娘果真中了圈套，央求起来。楼夷终于答应了，去接递过来的表格："其实我很少看电视。"

"没关系，我们要的是来自各阶层的信息，既要那种整天看电视没够的闲人，也需要像您这样不常看电视的大忙人，这样的比例搭配，才能使抽查结果最大限度接近现实。"穿格子衬衫的姑娘回答得很专业。

"那好吧。"楼夷填妥问卷上的选择题，大笔一挥签下自己的名字，把手搭在沙发上，笑吟吟地看着两个姑娘。

"谢谢您楼教练，再见。"

她们转身走开了，两双款式相同的白皮鞋在大理石地面上很有教养地敲打，像踩在事先设计好的点子上。

这时，节目主持人请楼夷到直播室去。

楼夷的女子游泳队刚在亚洲杯赛中取得两枚单项金牌，

作为教练，他又要过一把名人瘾了，电视台体育部把他请进了一档谈话节目。

上电视对楼夷来说是小菜一碟，每年总有那么几次会出现在荧屏上，有时是作为教练，谈自己游泳队的赛后感；有时是作为该领域的专家，点评其他游泳赛事。

他一点儿也不怯场，在镜头面前很有风度，他谈笑风生的姿态随着波段传向了千家万户，他再次成了公众人物，每一次新的出场就像鸡毛掸子拂去知名度的灰尘，唤醒观众暗淡的记忆，他的知名度又能维系一段时间了。

做完节目，楼夷保持谈笑风生的姿态走出了荧屏，上贵宾室喝了会儿茶，随后与电视台的陪同人员握手告别，看得出，他对今天的采访颇为满意，怀着愉快的心情离开了。

教练开一辆进口墨绿色吉普车，这辆车是一位崇拜他的香港富商送给他的，车看上去很结实，就像楼夷的身坯，总有宣泄不尽的能量。吉普与卧车就是不同，卧车属于城市、大街和高架公路，吉普则属于野地、沙漠和崇山峻岭。楼夷把持着方向盘，吉普像一头鹿一样跑了起来。

在一条街的拐角，楼夷把车速放慢下来，两个穿相同款式白皮鞋的少女并排走着，一个把长发盘起来，一个则是剃上去的男孩头，许是刚沐浴过，她们头发都是湿的。楼夷把车子靠近街道，果然是那两个电视台的实习生。

"嗨。"他把头探出车窗。

"嗨。"她俩也认出了他。

"回家么？上车，送你们一段吧。"楼夷发出邀请。

两个姑娘面面相觑，用眼睛询问对方，矛盾的心情溢于言表。楼夷其实知道，她们心里并不反对他的提议，只是要做出一副矜持的模样，以保持女性的尊严。他因势利导地侧过身，伸手把后车门打开了："上车吧。"

这一来她们不再迟疑，却还是要客套一下："楼教练，谢谢您。"

墨绿色吉普车又像鹿一样跑了起来。

楼夷很快知道，盘发的那个姑娘叫安波，男孩发型的叫匡小慈，一看就是好得不能再好的小姐妹。不过，女孩间的友谊往往是靠不住的，特别是一对漂亮女孩之间的情谊更值得怀疑——形象好的女孩天生以自我为中心，这个世界上是不允许有两个中心存在的，有点类似一山不容二虎——往往会因为某个男人的出现而分崩离析，有时候，是因为一个坏男人；有时候，是因为一个优秀的男人，或看上去优秀的男人。

楼夷自认是一个优秀的男人，以往的经验告诉他，他成熟男性的魅力将使两位情窦初开的小美人着迷，从反光镜中他留意到，她们的眼光正羞涩地注视着他宽大的肩膀。楼夷明白，他面临的只是选择，直觉已明白无误地告诉他，他喜欢的是那个很有女人味的安波。她的容貌使他想起了一个人，他吃了一惊，刚才他没看清她的脸，真的很像，如果把她的盘发放下来，她们几乎是同一个人。男人到了楼夷这种年龄，对女人的看法会实际得多。他要求女人的纯粹，要美，要有味道。女人的味道是一种非常之物，它不具体，但比具体还要具体，在楼夷眼中，安波拥有它，匡小慈则不拥有。匡小慈有相当漂亮的脸形和五官，精致程度甚至比安波略胜一筹，但女人仅仅拥有姣好的外形是不够的，姣好的外形若无雅致的韵味相配，不符合他对女性的审美。匡小慈像假小子，一朵带刺的花，当然有男人喜欢带刺的花。楼夷却喜欢娇羞的花，安波就是一朵娇羞的花。

这朵娇羞的花后来盛开在楼夷的生活里，这对忘年情侣共同度过了将近两年，最后在安波的怒视中分道扬镳。情变使楼夷黯然神伤，安波的离去是彻底的，是一去不回头的离去。楼夷的另一种本能导致了这个结局，羞耻之心令他无法面对安波的目光，他是爱安波的，也知道配不上善良的安波。时值今日，从警察局出来的路上，回忆起第一次遇见安波的情形，心绪仍酸涩不已，他明白自己是卑微的人，以伪善的面孔行走在主流社会，骨子里早已腐朽。他注定了将被社会所遗弃，过往积蓄的名声亦将不复存在。

当他收到公安部门的传讯通知，就明白自己的行径即将败露，一切光荣和尊严都将随风而逝，他的名字将被法律涂抹，自由这个神圣的字眼将不再属于自己。他想到了自我了结，却残存着侥幸之心。

作为一只惊弓之鸟，他开始反省自己的过去，他对安波的思念无法遏制，他多么想再见到安波，于是在晨报上刊登了寻人启事。安波离去后，彻底消失在人群之中。楼夷曾去电视台找安波，被告知她已辞去电视台工作。眼下，烟蒂烧痛了楼夷的手指，他想，如果难逃法网，认罪前只有一个希望，那就是再看一眼美丽善良的安波，祈求她的宽恕。

时间在每一分钟上开花或者枯死

悄然隐去的安波发现，她只是心念一动，便从父亲那儿离开，她只是不愿看见父亲哭泣，就有了离开的念头，而这个念头甫一出现就完成了。她的亡灵即刻飞回躯体这边来，如同被一股皮筋的弹力牵引，她的飞翔简直随心所欲。因为她已不是物质，而是与光影相似，她那具生气全无的躯体如同磁场，引她前来。

安波来到一个似曾相识的所在，辨认了一下，认出这是市立殡仪馆。在此之前，她来过两次。一次送母亲，另一次送匡小慈，这一回却是来送自己。

安波的遗体被放在一块摊着白布的木板上。她赤身裸体，三个入殓师为她换上新衣。她的肢体已开始僵硬，崭新的衣裳很难穿上去。入殓师的手势耐心而细致，由于长期与死人打交道的缘故，他们的脸色灰蒙蒙的，比真正的死人好不了多少。安波看着他们的样子，觉得是三个灵魂出窍的行尸走肉，再看自己的躯体，正不知羞耻地暴露在日光灯下，涅白、诡异、丑陋，如果不是丧失了嗅觉，一定会闻到令人作呕的气味。

死亡把女性的美感丧失殆尽，使之不再有性别，像蜡像一样没有关节和呼吸。

安波知道，这具遗体将很快从人世间消失，变成几缕烟一堆灰，她伤感得不能自已，想想人生完全是建立在躯体之上，一切只有发生于躯体才有意义。现在的她是一个亡灵。亡灵是什么呢？既不能被自己确定，也不能被他人确定，只是一个虚无的存在，是一种比轻还要轻的东西。

室内暗淡的光线下，她看到遗体一侧有同样暗淡的影子，因为是躺姿，影子的范围很小，正是这看似无法触摸也无法被捡起的影子，证明了她与人间还未彻底隔绝。母亲说了，当遗体被火化，影子也就随之不复存在，她也就完成了阴阳两界间的蝉蜕，成为真正的亡灵。

是亡灵，是魂魄，还是身影？她比较着这三个词语，区别着它们之间的异同，她没有获得答案。

安波从来没有如此强烈地依恋影子，害怕影子的最终消逝，她觉得那是比灵魂出窍更可怕的一件事，因为她并不知道自己的猝死，所以死亡只是事后的一次惊悚确认，而影子的消逝是一件即将发生却尚未发生的事，等于是在肉体死亡之后的再次死亡。她无法忍受这种被人间永远抛弃的孤绝感，也无法忍受这种用影子把肉体与亡灵强行分开的撕裂感。

入殓师为安波穿上了一件雪白的衬衣，门襟还未扣上，露出一截肚皮，上面有一些淡褐色横条，那是分娩后留下的妊娠纹，这使安波想到夭折的女儿。先天性心脏缺损使那个小生命只活了二十一天，可这二十一天是以十月怀胎为基础的，所包容的感情超出了时间本身。安波每天用手摩挲着肚皮，以温柔的语调对腹中婴儿喃喃絮语，母性的光芒把她照亮了，使她对未来的小生命充满怜惜之情。随着腹部一天天变大，对自身骨肉的爱也在一天天增添，她的爱里有甜蜜的憧憬，憧憬尚未诞生的婴儿有一天与她漫步在黄昏的梧桐大街，这是将为人母者共有的浪漫情愫，安波被这样的联想感动得几乎难以自持，喜悦的泪花掩饰不住在眼眶内闪烁了。

　　怀孕的日子温馨而无聊，安波看起了言情小说家阿兰的作品。阿兰是安波母亲写作用的笔名。这是安波第一次完整系统地阅读母亲的书。那些书都有一个如诗如歌的标题：《风的羽毛》《湖畔》《温柔月色中的回忆》《浪漫风情四重奏》《玫瑰灰色的玫瑰》《少女皇冠》……文如其人，从书名便可知道阿兰是个多愁善感的小说家。安波发现，母亲笔下的那些女子都酷似她本人，文弱表象下是一颗倔强的心。母亲也许早已预知了自己的归宿，无一例外，故事的结局都以悲剧告终。从那些缠绵悱恻的故事中走出来，母亲的音容笑貌如同电影浮现在眼前，一阵心酸像麦田一样淹没了安波。

　　安波把一本摊开的书放在肚皮上，她摸了摸绷得很紧的肚皮，皮肤上已长出斑马纹一样的褐色横条，孩子已经成形了，有时还会轻轻地踢她一脚，腹部会凸起一个小肿，马上就消失了。这对安波来说其实是个温馨游戏，她在明处，游戏的另一方在暗处，尚未诞生的生命有一种强大的神秘力量，使安波觉得有一对眼睛始终在凝视着自己。那双眼睛清晰无邪，具有摄人心魄的力量，安波处在甜蜜的紧张中，有点操之过急地思考起孩子的人生旅程来。

安波脑子里晃过这样一句诗："时间在每一分钟上开花或者枯死。"这句诗出自一位早年诗人之笔。安波的目光停在墙上的猫头鹰摆钟上，时间在她的瞳孔间毫不留情地逝去。安波是这样理解这句诗的，自己的生命在每一分钟上枯死的同时，腹中婴儿的生命在每一分钟上开花。对此，安波丝毫不感到悲哀。相反，她的胸中充溢着一种奉献的欢乐，这种欢乐完全是油然而生的，安波觉得自己就是一株茂盛的树，以全部的液汁与营养滋润着自己的嫩芽，但她很快又被一种莫名的担心征服了。

孩子出生后，面对的将不再是开花的每一分钟，而是枯死的每一分钟。生命对时间来说永远是局促的，这个尚未出世的孩子，一旦呱呱坠地，面对的便是消耗的生命，哪怕能活上漫长的一百年，最后也将归入万劫不复的归宿。安波的手放在腹上，表情有些发呆，伤感之情把她包围起来。

如果生命注定了要消失，那么人的意义何在？人为谁活着？为什么而活？人看上去那么渺小、无助、孤立无援，聚集起来的人类看似强大一些，本质上也是一盘散沙，最后无外乎被时间各个击破。人类真的在乎多一个人或少一个人么？

人类的存在仅仅简单如一道人的加法么？

安波把书丢开，从沙发上撑起来，坐久了腰有些酸疼，她被自己的胡思乱想搅得有点烦躁。她很奇怪也很担忧自己的那些古怪念头，心中升起了不祥的预兆，她觉得腹中的小生命可能活不长，她闭上眼睛哭了，沉重的负罪感像一块干透的水泥压着她的胸腔，猛然加快的心跳令她一阵晕眩。她用一杯温开水送服下一些药片，她必须得控制住不太听话的心脏。不幸的是，这种天然隐疾后来遗传给了女儿，导致女儿的夭折，也导致自己那么年轻便从人间消失。

黑暗中的窥视

往郊区去的专线车行驶在即将来临的黄昏中，驶过一个陡坡时，汽车颠了一下，楼夷把眼睛睁开了。从警察局出来，楼夷的脑袋昏沉沉的。他没去单位取那辆珍爱的墨绿色吉普车，按他目前的情绪，开车十有八九会出事。他的魂魄不在身体里，不知飞向何处了。他想一路走回河边的家，刚走了一站路，就发觉双腿灌满了铅，抬都抬不起来。他是个精力充沛的人，现在连路都走不动，当然不是体力的缘故。这里涉及一个问题：支配身体的是什么？毫无疑问，是心。这里的"心"有不同的概念，可以是肉身上的一个器官，也可以是脱胎于器官的一种意念，一个人的"心"可以是积极向上的，也可以是委靡不振的。前者催人奋进，后者让人消沉。"心"一旦归入沉寂，躯壳将变得活力全无。楼夷的"心"中有一片沉重的乌云，步伐如何还能轻盈起来？

楼夷拦下了一辆开往郊区的巴士。

车厢里很空，他在后面的长椅上坐下，闭上眼做出假寐的姿态。他想好好清理一下思绪，内心的恐慌使他在警察局里缺乏自制力，此刻他迫使自己安静下来。他想，事情也许并没有想象中那么糟糕，警察既然没当场拘捕他，说明证据还不充分，在这种情形下，只要自己坚持不松口，警方就会束手无策。思忖到这儿，楼夷稍稍平静了一些。汽车经过一处坡地，三岔路口需要拐弯，车身一抖，他把眼睛睁开了。

又估摸过了四十分钟，楼夷下了车，那幢河边大宅已暴露在灰蒙蒙的傍晚。楼夷沿着河堤走过来，心情比方才上车时要好一些，步伐也相应轻快了一些。很快，他站在了自家门前，用钥匙打开锁，进了屋。

楼夷的宅子内部设施一应俱全，外观呈现出貌不惊人的样子，这当然是故意为之。从这栋房子便可以瞧出，楼夷是个谨小慎微的人，哪怕真干了什么见不得人的事，也会掩饰得不留痕迹——一个人的禀性，最初源于母体，在生存处境中，来自社会的规条，以及生活恶狠狠的皮鞭，会强行修正本性中的羸弱部分——就像他此刻在莲蓬头下冲浴，喷散的水花带走了身上的汗水和污垢一样。

从浴室出来，楼夷赤身裸体倒在宽大的席梦思上。在我们这个世界上，有一部分喜欢一丝不挂睡觉的人，楼夷是其中一员。当然，这称不上怪癖，充其量只是一种返祖现象，原始人赤身裸体，奔跑在蛮荒之中，困乏时倒地而卧，男根耷拉在泥土上，会不会成为蚁群或猪獾的点心？

楼夷躺了一会儿，爬起来，提起了电话，他想知道是否有了关于安波的讯息。他按下录音键，磁带转动起来。里面存有五个电话。除了一个是楼夷的熟人打来的，剩下四个都是好心的陌生人留言，遗憾的是，这些电话没有一个明确说出安波的现况，从说话人的口吻中可以听出他们也很着急，只不过是干着急，没人说出个所以然来。有一个人说曾在一星期前摆渡时见过安波；还有一个人说三天前曾亲手给安波烫过头发；另一个人的说法则十分古怪，邂逅安波的方式竟然是在梦中，让人怀疑陈述者的身份是个谵妄病人；最后一个是年轻男人的声音，刚说出一句："喂，请问楼夷在么？"便挂上了话筒。楼夷听完这些录音，有点啼笑皆非，也更深切地思念起安波来。他焦躁得厉害，一半是恐惧一半是悔恨，有种临终前的孤寂感，想见安波一面的念头一寸一寸将他淹没。好一会儿，他才摆脱了安波，思绪重新回到杀人这件事上来。一个声音告诉他，你迟早要暴露的。他惊出一身冷汗，自问，难道就这样束手就擒？那个声音道，你不是有很多钱吗？上哪儿不能过好日子？他按住胸口道，我不能走，我这一走，名誉地位，什么都没了。那个声音冷笑道，你以为还会有那些东西么？杀人偿命，欠债还钱，一旦被捕，就会被控谋杀罪，就会被处死。

"不。"楼夷神经质地大叫一声，从床上跳起，迫不及待地扑向墙边的那排书橱。由于动作幅度很大，身体像一头张开的羊，双腿间的阳具又松又沉，如同一只多余的挂表晃了一下。他搬出一排书，保险箱显露出来，转动旋盘，打开了那扇字典一样厚的铁门，他简直不敢相信自己的眼睛。

保险箱已被洗劫一空。楼夷脑袋里有一百吨炸药被引爆，把他的神经炸了个稀巴烂，他瘫在地上，一把眼泪一把鼻涕，嘴里重复四个字："天绝我也，天绝我也……"

哭声在昏沉中显得凄恻，把墙外的一个伫守者吓了一跳。这个人有一双很大很亮的眼睛，这双眼睛一直注视着屋内的一举一动。似乎在期待着某种收获，他一路尾随到此，正是奉命而来。他的使命带有守株待兔的性质，是他这段时日的首要工作——必须获得确凿无误的证据，才能使案子明朗地了结——此项工作枯燥而辛劳，得像影子一样追随目标，又不能被目标发现，实在是吃力不讨好，所以这个人的精神面貌多少有点破碎，听到屋里的响动和哀号，他立刻惊觉过来，从窗户望进去，他看见楼夷慢慢跪下的姿势，思忖一定是日间审讯时的压力在此刻喷发，他冷笑了一下。

终于，楼夷的悲恸渐渐停歇，他支撑着爬回床上，双腿间的阳具又松又沉。窗外的那双眼睛闭了起来，一定是觉得这情形不堪入目。少顷，重又睁开，床上的人鲤鱼打挺从床上跃起，开始穿衣服。

穿罢，四处寻找着什么。

楼夷进了浴室，出来时手里多了一把估摸是清理下水道用的小铲，随后他从沙发边取出一摞旧报纸，卷成筒形，像一把伞似的挟在腋下，巡视了一眼屋内，关灯出了门。

沿着河一路向西，是一条石子铺成的小径，月色中，它最终融入了一片广阔的沙滩。在那块杂草丛生的野地里，装着一个残忍的秘密，这个秘密本来只有楼夷自己知道，不过马上就会暴露出来。当秘密只有一个人知道时，它是一只守口如瓶的扇贝，当两个人知道时，扇贝缄默的缝隙就裂开了。

现在，原本属于楼夷的"扇贝"正在自行打开，因为在黑暗中，一双很大很亮的眼睛正注视着野地里的教练。

心碎的人走在梧桐大街上

这个心碎的人，走在宽阔的梧桐大街上，走在无风的黄昏中，一辆老式马车经过他身旁，这个人朝地上啐了一口，不是啐那辆装模作样、故作老派的马车，啐的是自己，啐那盒放荡的录像带，那个丧失廉耻的夜晚。

如果没有那个夜晚，或者即便有那个夜晚，却没有那盒该死的录像带，或者即便有那盒录像带，却早被找出销毁，那么安波就不会出走。邝亚滴越想越觉得悔不当初，事已至此，追悔于事无补。他爱安波，所以才痛苦如斯。安波也是爱他的，所以绝对不会加以宽宥。人世间的一切，其实就是一个大安排，什么样的种子，结出什么样的果实，特别是绝顶自私的爱情，丝毫的背叛都可能导致感情遭到灭顶之灾。毫无疑问，邝亚滴的行径远远超出了安波所能承受的限度。他今天品尝的苦果，在若干年前的那个夜晚发芽，时至今日终于破土而出，使爱情顷刻死亡。

这件事发生得过于突然，没有任何征兆，在此之前，邝亚滴和安波简直可以用如胶似漆来形容。他们是一对温馨恋侣，相偎相依，令人艳羡。转瞬之间，维系他们情感的一切理由被那盒录像撕得粉碎。此刻，走在梧桐大街的邝亚滴不知道心爱的安波已与这个世界诀别，他已彻底失去了她。的确，安波的离世是令人扼腕的，这种逝去的方式，与邝亚滴顷刻消弥的爱情殊途同归，人们将它叫作猝死。

猝死的爱情使邝亚滴心如刀割，他离开居所来到梧桐大街。一辆马车隐遁在无风的黄昏深处，回忆涌来了。绝望中的人更易于陷入回忆。回忆是一剂膏药，能治疗内心伤痕，同时也是一把利器，会留下更深的伤痕。触景生情，这条梧桐大街曾是爱情的见证，一场暴雨将安波送到邝亚滴的生活中，老式马车是爱情道具，多少缠绵之情与恋人絮语在牛皮雨篷的笼罩下彼此馈赠，而今，海誓山盟已成枯萎的玫瑰，怎不让邝亚滴心碎？他的泪水流个不停，用手抹一把，整个面颊被泪水濡湿了。

邝亚滴眼中是模糊的街道，又有一辆马车过来了，转瞬驶离了他的身边，邝亚滴相信，他和安波是坐过那辆马车的。其实，在梧桐大街上驰骋的马车们，他和安波无一例外都乘坐过，这一点可说毋庸置疑。因为这个城市中唯一的马车队总共只有八辆，这是一个驾车人告诉他的，那会儿安波正偎依在他身上打盹，他们刚郊游回来，他也有点困倦，强打起精神，以免走错路线。

为打发无聊，他有话无话跟驾车人攀谈起来，驾车人是个老头，你一言我一语废话连篇，到后来他们自己也察觉出不像话，不由哑然失笑，把安波吵醒了。

安波看看邝亚滴，看看正在策马的老头："亚滴，什么事这么好笑，你看到哪儿了还不下车。"

邝亚滴止住笑，定神张望，发现已过了目的地，驾车人把笑收住，紧了缰绳让马车停下来："对不起，说话走了神走过了头，我再送你们去吧。"

"算了，我们走回去吧，反正也不太远。"安波说着先下了马车。邝亚滴便配合了这个动作，从口袋里掏出车费给驾车人，反身和安波一起往回走。

"怎么回事，把路也笑过了头。"安波好像有点不高兴，邝亚滴便将方才的闲扯复述了一遍，经过一番添油加醋，他将安波逗乐了。她把手伸过来，挽住邝亚滴，朝居所走来。

和楼夷分手后，安波和匡小慈合租在一间工房里。匡小慈死后，安波便搬到邝亚滴的老式大楼里来。邝亚滴有一套两室户，是他获得国际电影技术大奖后电影局特批的，虽然总共才三十多平方米，但邝亚滴已很满足。一则这是他靠自己能力挣来的；二则，终于可以从家里搬出来了，他和父亲关系一直处理不好，因为父亲身后站着冷若冰霜的继母。

现在，邝亚滴和安波接近了大楼，它耸立在昏沉中如同剪影，邝亚滴道："我走了你会想我么？"

安波道："你撇下我还让我想你。"

邝亚滴道："知道你会这么说。干脆这样，和我一起去，省得你牵肠挂肚。"

安波道："谁牵肠挂肚了，也不脸红。"

邝亚滴道："一个人南下挺孤单的，陪陪我吧。"

安波道："不是不想陪你，我也有自己的事要做，脱不开身的。"

邝亚滴道："你那家信息公司太辛苦了，辞掉算了。"

安波道："我其实挺喜欢这份工作的，做自己喜欢的事，累死活该。"

邝亚滴道："你那样超负荷工作对身体肯定是个负担，你忘了自己心脏不太好。"

安波道："放心吧，其实我挺当心自己身体的。"

邝亚滴道："那你得想着我。"

安波道："你呢？"

邝亚滴道："我现在已经开始想你了。"

安波笑了："贫嘴。"

邝亚滴吻了吻她的额角："回来我带你喜欢的礼物给你。"

安波看了他一眼，邝亚滴从她眼神中看到了一种源自心扉的柔光，他知道那叫幸福。他把她搂紧，安波看了他一眼，目光中充盈着淡淡的羞愧。他们在一株树下拥吻，凝固的姿势融化在树荫里，梧桐大街把树荫拼接了起来。

邝亚滴此行是为了参加一部电影的后期制作，他在南方待了一月有余，工作之余，拨通长途电话与安波聊几句。他在话筒里缠绵悱恻的样子被同事发现了，传到剧组里成了大家的笑柄，他故意做出一副恬不知耻的嘴脸："这叫爱情，你们懂么？爱情就是生病，我病入膏肓了，得用电话药来治，你们知道么？"大家听了马上配合他，做呕吐状。

邝亚滴在剧组的任务结束了，归心似箭，连夜赶回自己的城市。他带回了礼物，是安波最喜欢的小玩意——一只八音盒。它饱满、娇小，通体墨黑，漆工极为精细，盒盖上是一朵小小的金色玫瑰，点缀在一角，如同一个孤独的忧思。这件出色的手工艺品是邝亚滴费了好大劲才寻觅到的，他知道安波一定会爱不释手。他想给安波一个惊喜，所以保密了返回的行程。当他从天而降，推开家门，迎接他的并非一张美丽的笑颜，而是狼藉一片的房间和安波出走的现实，那盒撕开的录像带告诉了他事件的原委。

邝亚滴被眼前这一幕惊呆了，长途军旅包顺着肩膀滑落下来，俨如一只死去的绿色大鸟，无力地掉在了地板上，啪嗒。

爱情与后嗣

当夜幕全部覆盖下来，吕瑞娘来到了月色下。对吕瑞娘来说，她的状态只属于黑夜而非白昼。她其实听到了安波在呼唤她和匡小慈，可是白天，她不能去与安波相见，匡小慈同样不能。因为她们畏惧光明，她们是一种没有物质的物质，其实更适于用"它们"来定性。她们白天藏匿于男人的耳朵里，因为那里是幽暗封闭的所在。只有当月亮挂上树梢，才飘然而出，以悬浮的状态开始黑夜之旅。

几乎只是转了一个念头，吕瑞娘便看见了安波，这个地方似曾相识，吕瑞娘辨认了一下，认出是市立殡仪馆，当年她的身体在此被焚烧，使她失去影子，从此再无寄托，进入虚空一片的另一世界。而现在，女儿的遗体也将被焚烧，化成缕缕白烟，彻底从人间逝去，成为黑夜的一部分。

吕瑞娘看见平仰着的安波，另一个安波却不在，此时此景，令吕瑞娘有些伤感，人间往事一下子涌上心头。

对吕瑞娘的婚姻而言，安波是一个不合时宜的婴儿。她的姗姗来迟导致她自幼没有了父爱。对虔诚的佛教徒吕瑞娘来说，突如其来的怀孕只能印证她与安文理之间有缘无分，吕瑞娘没有接受安文理的苦苦挽留，离开了这座令她伤心的海滨城市，回到了北方的家乡。

婚变的自始至终，一切缘由或者说症结只有一个——既非彼此间情感崩溃，也非任何突兀事件的促使，而是因为结婚五载，安氏夫妇一直不能得到一个孩子。在许多尝试宣告失败后，安文理有些心灰意冷。吕瑞娘明白，他陷入了矛盾与痛苦中，他深爱着妻子，又不能背负绝后的恶名。不孝有三，无后为大，安文理是保守的受儒家文化熏染至深的人，他是一脉单传的独子，所以在生儿育女这件事上责无旁贷。一对矛盾的选择呈现在安文理面前：爱情和后嗣。安文理不愿与妻子分手，又觉得愧对列祖列宗。他试图掩饰内心的痛苦，吕瑞娘将他欲说还休的话说了出来，我们离婚吧，我不能生育，你有权利要孩子，这不是你的错。安文理有些吃惊，他以为自己将沮丧掩藏得很好，他立刻否决了吕瑞娘的提议，如果老天只让我有你，我可以不要孩子。吕瑞娘道，你会后悔的，十年或二十年后，你会后悔得要死。安文理沉默了一会儿，我们可以再想想办法，比方可以去领养一个小孩。吕瑞娘道，我们可以领养一个小孩，可那不一样，你还是会为没有一个自己的孩子而懊恼不已，你或许不是为你自己，是为了你的姓氏和列祖列宗，这件事不是你一个人可以做主的。安文理道，瑞娘，你知道我对你的感情。吕瑞娘不语，少顷，凄然道，我知道你对我的感情，所以你不愿说出心里话，在爱情和孩子中间，你只能有一个选择，如果我答应你放弃后者，对我也不公平，我会为我的自私后悔到死，我不想每天早上起来用内疚的表情面对你。文理，求求你让我走吧。安文理听了，眼眶一红，眼泪顺着脸庞流下来。他一哭，吕瑞娘也哭了，两人抱头痛哭了一场。吕瑞娘道，事已至此，都不要反悔了，我们是有缘无分的人，也许前世注定如此，只能姻缘一场，不能共偕白头。安文理抽泣道，要一个孩子也是顺理成章的事，为什么到我们这儿就那么难呢。吕瑞娘道，人走的运不同，你三十出头就当上副局长，仕途太顺了，别的地方可能就会逊色，这也是辩证法。安文理道，瑞娘，以后你准备去哪儿呢。吕瑞娘道，我回北方老家去，其实我更喜欢我们那个城市。安文理道，以后我们还能联系么。吕瑞娘叹了口气，还是不联系了吧，既然缘分尽了，就不要再强求了，对彼此都不好。安文理听了眼泪又流下来，慌忙用手去抹，越抹越多，满脸满手都是泪水，吕瑞娘也忍不住落泪，两人度过了一个不眠之夜，宛如经历一场生离死别。

几天后安文理与吕瑞娘去民政局办理了离婚手续，就在此时，事情发生了戏剧性的转折。归途中，吕瑞娘在车厢内干呕起来，安文理递给她手帕，吕瑞娘说不碍事，可能是晕车的关系。下了车，吕瑞娘去取打理好的行李，没想到又开始干呕，对着水槽，把酸水都吐了出来。安文理很担心，硬是把吕瑞娘送到医院，一查，两个人都惊呆了，吕瑞娘居然有了身孕。

吕瑞娘腹中的胎儿就是安波，这个不合时宜的女婴很有点宿命的意味，近乎玩笑的巧合使回过神来的安文理欣喜若狂，遗憾的是，他兴奋的沸点仅仅维持了几分钟，就被吕瑞娘无情地泼灭了。吕瑞娘非但没高兴，相反脸色变得像纸一样苍白，当她听到安文理的请求："瑞娘，我们有孩子了，应该去把结婚证要回来，马上就去。"居然回报以冰冷的苦笑："不，文理，你仔细想一想，世上哪有如此凑巧的事？分明是老天注定了要让你我分手。"安文理急道："瞧你这话，瑞娘，你瞎说些什么呀？俗话说无巧不成书，我们这样的结果在书里就叫大团圆，是最圆满的一种。"吕瑞娘苦笑道："木已成舟的事就不要违背天意了，我不同意复婚。"安文理急得说不出话来，憋了好久才迸出这么一句："瑞娘，你不能让孩子生下来就没有父亲呀。"吕瑞娘眼眶红了，迟疑了刹那，咬咬牙道："这是个不合时宜的孩子，也是个苦命的孩子，我会把这孩子抚养大的。"安文理道："让我怎么说你呢，真是又狠心又糊涂。"吕瑞娘点了点头："我是一贯相信天命的，你又不是不知道。"安文理道："只恨我太快答应你，其实只要再拖延几天，就不会是现在这个结果。"吕瑞娘道："这是劫数，如果预先被你猜透，怎么叫劫数呢。"

安文理没能说服吕瑞娘，他们的姻缘没能重续，半个月后，一身白衣的吕瑞娘跳上了北去的火车，留下追悔莫及的安文理在风中呼喊。

在北方的家乡，吕瑞娘生下了女儿安波。安波是个很漂亮的女婴，吕瑞娘像珍惜一个瓷器一样珍惜她。吕瑞娘知道女儿是一只易于破碎的瓷器，她活不长久，医生体检时查出她患有先天性心脏缺损，生这种病的孩子一般只能活十几年，然后在一阵突袭的绞痛中像风一样逝去。

黑夜中，吕瑞娘看着安波的遗体，回想着红尘往事。对安波年轻的死亡，吕瑞娘并不感到诧异，她知道安波的心脏病会使她早夭。她二十多岁，正值如花的年龄，一下子离开了人间，的确让人可惜。身体是最大的谜，根本不能猜测，你永远不知道皮肤底下的真相。身体就是深山密林，健康是一只逃跑中的兔子，疾病是成群的豺狼，不知道潜伏在哪个角落。先天的病灶是敞开的陷阱，你知道挡住了去路，依然会一足踏空，成为它的猎物。死亡是把生命浓缩到零，具体到每一个个案，力量所向披靡，你不知道它的形态是椭圆体、矩形还是任意扭曲的不规则体，你看到的只有一具尸体，与一朵飘散的云或一片脆裂的枯叶毫无二致。它就是安波，永失活力与爱恨的躯体，哪怕是那样年轻，也瞬间化作古人，距离人间如同五千年前消弥的历史一样遥远。人不是突然死去，而是每一分钟都在死，过去的一分钟永远离开了你。每天死二十四小时，不会少一秒。生和死不是对立关系，而是并置关系。死包含着生，生也包含着死。这就叫向死而生。想到此处，吕瑞娘不由叹了口气，把身影现了出来，出现在安波面前。

美艳的死神和野地里的秘密

安波守在自己的躯体旁。她情知，度过这一宿，夜去昼来的时刻，遗体将被焚烧，连无法被捡起的影子都将失去，从今往后，红尘中将再也不会有一个叫安波的女孩。她有一种痛彻肺腑的感觉，她已失去一切器官，不再会有真实的肺腑之痛，有的只是一种魂魄的震荡。

魂魄乃是她拥有神志的唯一载体，颇费思量的现象是，失去身体的她如何看见了世间一切，难道也是用神志在看？这个解释似乎还过得去，思忖至此，安波突然发现目睹的是一个黑白世界，一切色彩不知何时完全褪尽了。不知何时，前方出现了一个长裙曳地的黑衣女子，微笑地看着她，她的容貌美艳异常，被整块黑色背景映衬，具有一种无限放大的力量，安波看呆了。

"你是谁？"安波问道。

"我叫寂寞。"黑衣女子道。

"等等，我见过你，让我想想。对，我想起来了。那是一个黑色背景的梦，就和现在一样，你像一个剪纸出现在半空中，就像现在这样注视着我，我知道你是谁了。"

"我是谁？"黑衣女子道。

"死神。"安波道。

"我叫寂寞。"黑衣女子好像笑了一下。

"有一次我发病，危在旦夕，看见你出现在黑幕中，你的美貌让我爱慕不已，不由自主想要追随而去，医生将我挽救过来，你就消失了。"安波道。

"是的，你来过又被接了回去，我记得有这件事。"黑衣女子道。

"死亡是丑陋的，你看我的躯体，蜡黄蜡黄，难看极了。你为什么那么美艳动人？我该相信哪一种是真正的死亡？"安波道。

"死亡的本质是美丽的，形态却丑陋不堪。"黑衣女子道。

"我不明白。"安波说。

"我是死亡的本质，你的躯体是死亡的形态，就这么简单。"黑衣女子道。

"我知道自己死了。你来就是为了告诉我这件事？"安波道。

"不，这件事不用我说，我来是为你安排一个居所，你要有个住的地方。"黑衣女子道。

"男人的耳朵？"安波道。

"是的，你随我来。"黑衣女子转过身去。

安波跟着她，须臾之间，看见了一个人借着月色在广阔的河滩口快步行走，他的前方是杂草丛生的野地，身旁是一条河。这个地形安波好生面熟。她去辨认那个走在夜幕中的人，很快将他认了出来，他健壮而不失灵活的身影一眼便可认出，这个人在黑暗中走进了野地。

黑衣女子道："你认识这个男人对么？"

安波道："是的，他曾是我丈夫。"

黑衣女子道："你就用他的耳朵作为居所吧。"

安波道："不，我厌恶他。"

黑衣女子道："你对红尘仍有依恋么？"

安波道："是的，这是显而易见的。"

黑衣女子道："想重返人间对么？"

安波道："是的。"

黑衣女子道："那么这个人就是你的桥梁。"

安波道："你说的是什么意思？"

黑衣女子道："你不是想尽快返回尘世么？"

安波道："可是，跟这个人有什么关系？"

黑衣女子道："这个人马上就要到我们这个世界来了。"

安波道："你是说他很快会死么？"

黑衣女子道："他只是很快会到我们这边来。"

安波道："那又与我有什么关系呢？"

黑衣女子道："如果你住在他的耳朵里，那么当他撒手人寰的时候，你就可以重返人间了。"

安波道："这又是因为什么？"

黑衣女子道："这是此界的惯例，你可以看作是角色交换。"

安波道："我刚来这里，为什么允许我这么快离开？"

黑衣女子道："这个我也不太清楚，只觉你尘缘未了。"

安波道："你是死神，也不能参透生死？"

黑衣女子道："没有一件事是可以完全被参透的，何况是生死。"

安波道："你说这个人很快要到我们这个世界来，是真话？"

黑衣女子道："这个人犯了罪，将在人间被消灭。"

安波道："你说他将被处决？"

黑衣女子道："你没有猜错。"

安波道："他犯了什么罪？"

黑衣女子道："答案马上要揭晓了，你看他在干什么？"

安波道："好像在挖什么东西。"

黑衣女子道："你注意到他背后还有一个人么？"

安波道："是的，我注意到了，他埋伏很久了。他是谁？"

黑衣女子道："马上你就会知道他身份了。"

于是，两个幽灵沉默下来，注视着野地。那个挖掘的人在荒芜中找到了目标，从泥土中取出一只塑料马甲袋。它扎得严严实实，不知道里面是什么物件。不过，对此人而言，这似乎并不重要，因为他根本没准备将它打开。他把小铲丢到一旁，取过事先备好的一摞旧报纸，抽出一张，从裤袋里摸出打火机，点燃了它。报纸熊熊燃烧起来，他将全部报纸投上去，使其成为真正的火堆。这时，一个声音棒喝道："楼夷，你住手。"

一个人出现在楼夷面前，一名英俊的小伙子，有一双很大很亮的眼睛。

楼夷吓得魂飞魄散，第一个反应便是将手中的那包东西丢进火堆，因为受到惊吓，动作稍嫌迟钝，那人箭步来到跟前，未等马甲袋投入火堆，已控制了楼夷的右膀，咔嗒一声，手铐锁住了右腕。楼夷操起足下的小铲反手一击，那人身手灵活，跳出圈外，手铐却脱了手，两人对峙着。火光辉映中，楼夷看清了，来人正是日间审讯自己的大眼睛警察。

"是你?"他面如土色。

"楼教练，想烧毁什么? 如今人赃俱获，还有什么话要说。"大眼睛警察道。

楼夷手执小铲向大眼睛警察扑过来，他虽体格健壮，但毕竟没学过专业格斗，没几个回合，大眼睛警察便将他制伏，另一只手铐戴在他左腕上。

楼夷双臂被反锁，大眼睛警察提着那包罪证，押着俘虏，沿着河堤朝大路走去。在他们身后，那堆纸火被吹开成一片片红焰，一部分化为黑蝴蝶，另一部分钻进草丛不见了。

旁观者安波目睹这一幕，有一股难以表述的感受，她不知道楼夷做了什么，不过从方才的举动中，可以体察到他犯了大罪，否则难以解释为什么要负隅顽抗。安波产生了一丝悲凉，为楼夷的堕落而悲哀。她恨楼夷，可并不希望他落到今日这步田地。毕竟，他们曾有过一段美好时光，看着他如丧家之犬被人带走，安波萌生了恻隐之心，她的念头一下子被黑衣女子识破："同情他了？"

安波道："有一点吧。"

黑衣女子道："这个人是罪有应得。"

安波道："他究竟犯了什么罪？"

黑衣女子道："他杀了人。"

安波道："我猜到了。"

黑衣女子道："杀人偿命，所以他要在人间被消灭。"

安波道："我答应住到他的耳朵里去。"

黑衣女子道："想看看他是如何失去臭皮囊的？"

安波道："不，我只想早日返回人间。"

黑衣女子道："那么祝你一路顺风。"

安波巡视四处，黑衣女子已隐遁。她叫道："寂寞。"却未能唤回死神，她发现周围的环境倏忽转变，恢复了殡仪馆的场景，她的遗体正冷冰冰地躺在房间的中央。

一只硬壳虫被弹出了窗外

苦思冥想中的少华渐渐睡去，他注意力分散，他所思忖的问题易于疲倦。终于，他昏昏入睡，直到黄昏光临，才从迷蒙中醒来。他眼睛很不舒服，几乎不能睁开，他动动脚趾，保持半梦半醒的状态有五分钟之久。当他撑起手肘，脑袋又开始运作，把不愉快的东西强加于他，他的神志中有一张女人的脸若隐若现，她面色惨白，右眉间有一颗痣。少华的冷汗冒了出来，摸了一下额头，果然有点低烧，之所以不能完全睁开眼睛，是由于眼压升高的缘故，他重新躺了下来。

这时门被推开，一个人走了进来，来者奇瘦，背略有点驼，虽然视觉依稀，仍可以辨认出是谁。少华再次撑起手肘，问候道："容先生，您来了。"

容先生是这家医院的副院长，也是少华的博士生导师。他衣冠整洁，面目清癯，鼻梁上架一副细金边眼镜，将他并不十分好的面色烘托出几许光泽来。他在椅子上坐下，捶了捶大腿道："刚忙完，今天真是够呛。"

"发生了什么事?"少华问道。

"说起来也真是有点倒霉,一早有人发现草坪上躺着一个年轻女人,已经咽了气。这件事如果发生在街头或别的什么公共场合都好解释,可她偏偏死在医院的范围内,多少就有点我们见死不救的味道。可她是半夜来的,黑灯瞎火,没有人发现她,谁能对此负责呢,更倒霉的是,她居然是安市长的女儿,你说这事闹的。"容先生语调有些颓丧。

"她是安市长的女儿?"少华有点吃惊。

"是的,是安文理市长的亲生女儿,下午安市长来过我们医院了,我们真不知怎么说好。送走安市长,院长越想越窝囊,现在还把自己关在办公室生闷气呢。"容先生走到窗前,把窗户打开。

风像一团雾扑面而来,房间里像注入了整个春天。容先生叹了口气道:"少华你应该常开窗,保持空气的新鲜。"

"我将是一个与空气永别的人。"少华道。

"你不应该这样想,科学这么发达,今天的不治之症放在明天可能就像伤风感冒那样微不足道,你千万不要灰心。"

"是的,我相信我的病总有一天会被彻底攻克的,可谁能保证那时我还活着?如果我已经死去,攻克不攻克对我又有什么意义呢?哪怕治愈了一万个像我这样的患者,对我来说,也只是一座虚无的金矿"。

"你太悲观了，少华。"容先生道。

"我清楚自己的病，我在等死。"少华道。

"少华，你变了，因为怯懦而变得不堪一击了。"容先生道。

"是的，我现在就像一个生命的逃兵，退到不能再退的地方，看到了自己悲惨的下场，我想躲避，可无处可逃。"少华道。

"不至于，不至于。"容先生叹息道。

"我一直在试图说服自己，不要害怕，不要害怕，我的头快裂开了。为什么是我？凭什么是我？生命像一个巨大的阴影，每天都在吃掉我。"少华道。

"少华，你现在的状态很叫人担忧，你应该为精神找个归宿。"容先生道。

"什么归宿?"少华道。

"比方说可以皈依宗教，可以尝试信佛。"容先生道。

"我想过这个问题，有人也劝说我吃斋念佛，也好有个来世的寄托，可我真的不相信有轮回一说。"少华叹了口气。

"你也不能说就没有轮回。"容先生道。

"我是学医的，我清楚身体是怎么回事，也知道灵魂是怎么回事，这就是我绝望的原因。"少华道。

"你的话让我也沮丧起来。"容先生道。

"对不起容先生，我现在的样子谁见了都不会高兴的。"少华看着地上的一只甲虫，它刚从窗外飞进来。

"你听我说少华，你还是应该尝试去信佛。"容先生规劝道。

"我不会去临时抱佛脚，我从来不信释迦牟尼，如果因为死亡的胁迫而变成有神论者，那么佛也不会接纳我，现在去皈依也太实用主义了。"少华坚决的口吻中有一股大势已去的凄凉。

容先生知道说服不了少华，落寞之情溢于言表，他俯身将那只甲虫捡起来，放在掌心中。甲虫开始爬动，顺着手指向前，很快到了食指边缘，容先生捏住它的硬甲壳，重新放在掌心中，用手指将它弹出了窗外。

"你杀死了它。"少华道。

"也可能不死。"容先生道。

"但愿。"少华苦笑了一下。

"我今天来是告诉你，明天我要离开医院半年。"

"去哪儿？"

"瑞典。"

"做访问学者?"

"这是我退休前最后一次因公出国,你知道医院里的人事很复杂,趁这个机会我正好散散心。"

"今日分别,不知是否永别。"少华苦笑道。

"不会的,不会的。"容先生道。

"明天我去送你吧。"

"不必了,你还是注意休息。"

容先生告辞后,少华重新躺了下来。与导师的对话在他心中激起了涟漪。他鼻子有点轻伤风的症状,呼吸不畅通起来。他爬起来把窗户关上,把头冲外面探了探。这个小动作是不经意的,他回到床上才明白是在关心那只甲虫的命运,不禁哑然失笑。这个笑透着心虚,在脸上逗留了瞬间,表情又阴沉下来。

那张眉间长痣的女人又浮现了,她居然是安市长的女儿。她有一个当大官的父亲,有一张漂亮的脸蛋。可红颜命薄,死得那么早,这情形与自己真是相像。少华心里想。

如果像容先生说的那样,医学挽救了自己的生命,我又将如何?少华先前没有思考过这个问题,这是第一次。

他把手臂枕在脑袋下面,看着天花板开始想这个问题。天花板上有一只甲虫(不是刚才那只),一动不动地停歇着,在少华眼中漫漶放大。

如果活下去，少华想，可以大致预测出这样一个人生轨迹：事业上，会平稳地渐入佳境，像摘取一只瓜熟蒂落的果实，由现在的副教授晋升为教授，也将逐渐有官衔，部门主任、副院长甚至院长，只要活下去，都有可能得到。一旦得到，会有各种各样的好处接踵而来。譬如跟容导师一样，出国当访问学者，也会像其他行业中的杰出人物一样，成为记者的采访对象。可是，即便获取了所有这些，就实现了生命的价值？容先生就是一面镜子，从他身上可以看到功成名就后的模样，顶着世俗的虚名，处理各种同僚间的关系，外界看着光鲜，内心千疮百孔，为头衔和利益丧失了友情，从而更谨小慎微地夹着尾巴做人，只有到退休之后，才能活得率真一些，那样的话，岂非荒诞。

诚然，除了事业，生活中还会有别的寄托，可以有一份感情，娶妻生子，天伦之乐。然而这一切与他无关，生病以前，少华具备被女性青睐的所有外因：出身名门、英俊富有、才华横溢、前途无量。在姑娘们心目中，有着巨大的吸引力，别的不说，医院里那些漂亮的护士都暗恋他，特别是那个温柔可人的杨冬儿，对他的爱慕可谓深切。当少华罹患绝症的消息传开后，她主动提出当少华的护理，这与那些疏离而去的姑娘有天渊之别，少华对此当然心存感激，日子久了，自然而然滋生出感情来。杨冬儿有一张甜美的面容，还有一副既瘦削又丰腴的好身材，在美女如云的护士中同样出挑。她又是那么善良，对少华那么真心实意，这样一位红颜知己谁会不被打动呢？然而，他却不能敞开心扉向杨冬儿袒露，对他来说，这是一个难以启齿的耻辱，一个羞愧难当的隐秘。因为他不能像一个男人那样去爱女人，不能去爱包括杨冬儿在内的一切异性，不能去迎合她们的目光，给她们以温存和力量。所以在姑娘们眼中，他是一个难以亲近的人。他愈冷淡，倾慕他的姑娘便愈多。只要他愿意，他可以立刻得到一个炽热的亲吻，不是他不愿意，而是……他把深深的痛苦化作了焦虑。他的焦虑旁人一点也看不出来，这并非伪装术，他嘴唇紧抿，眉头很少舒展，笑容只有那么一点点。这是他的脸，他焦虑的脸，因为他即将死去。他开始爱上杨冬儿了，不是爱上她这个女人，而是爱上她对自己的真心实意。只有她不嫌弃不久于人世的他，他不愿辜负她，原本他有一个焦虑，而今又添加了一个，只有他心中明白，自己是异样的人，那个难以启齿的隐秘又如何说出口？少华忽然非常想找人说话，找一个人，随便什么人，只要能耐心聆听，让他一吐为快。这个愿望他始终有，却没有这一刻来得如此强烈，谁是一个适合的听众呢？少华抓起床头柜上的电话，迟疑了一下，随手拨下一串号码，电话接通了，他把话筒捂在掌心，一个女子在电话那一头隐约呼唤，少华皱了一下眉头，把话筒放回原来的位置。

匡小慈的预感

匡小慈听到安波的呼唤时，正在去近郊的路上。她住在一个外貌斯文的年轻男人的耳朵里。这个男人衣着是宽松式的，穿了一双网格皮鞋，风一吹，衣服噼噼啪啪抽打，把他并不健壮的身体裹起来，显得多少有点猥琐。

这个人后来站在一座孑然孤立的私家住宅前，房子背对着一条河。他在河边站着，戴上了手套，用很厚的棉布把那双带点流气的网格皮鞋包起来，借助一把刀片就弄开了窗子，身轻如燕地跳进室内，看得出，他是这个领域的行家里手，是一名出色的贼。

贼光临的这个地方，匡小慈相当熟悉，曾三天两头来，因为她的好朋友安波是这里的女主人。有时夜深了，匡小慈还会留下来住一晚。当然，那要趁教练不在的时候。教练在市区还有一套公寓，有时训练超时或有别的什么活动，教练就会来电话说不回乡间了。安波就会邀请匡小慈留宿，陪她度过一晚。安波已有了身孕，体形悄悄有了变化。神态娴静平和，一颦一笑洋溢着甜蜜和温柔。匡小慈觉得安波的状态美极了，完全被母性的光辉笼罩了。为了安胎，她向电视台请了长假。她心脏先天不好，医生叮嘱她分娩前后尤须小心。生育对她是一个鬼门关，她不想放弃腹中的孩子，愿意为此冒一次险。

可见当初的安波对教练一往情深，她是一个用情专一的姑娘，对爱情不容许有半点瑕疵，这是她悲剧的根源。作为一个旁观者，这场爱情自始至终的见证人，作为安波亲如姐妹的密友，匡小慈规劝过安波，她不明白安波为什么要嫁给一个比自己大两轮还多的教练，那个叫楼夷的男人足可以做安波的父亲。匡小慈不禁回想起那个邂逅楼夷的日子，那次因为收视率而走上前去的征询。倘若没有那次搭讪，她们就不会接受楼夷的邀请坐他的吉普车，包括后来的一系列纠葛也都不会有。但这些事情都不是可以安排的，这样的事件在人生中可说成是缘分，一旦有了后果，也可说成是命中注定。一分钟的插曲决定人的一生，就像不可知的牌局，一张好牌或一张烂牌都可以影响整个结尾。

有了初次接触，教练便经常打电话到电视台来，佯作汇

报看电视的次数，其实是展开了追求安波的攻势。他终于约
到了安波。这样重要的赴会，安波居然事先没和匡小慈说，
过了两天，才吞吞吐吐透露出来。匡小慈自然明白安波这样
做的心思。她责怪安波太糊涂了，怎么可以跟一个老头约会。

安波脸红道："楼教练不过四十多岁，怎么说是老头呢。"

匡小慈道："可你才二十岁呀。"

安波道："我们又没什么，不过一起吃了顿饭。"

匡小慈道："你是不是喜欢他？"

安波道："我不知道。"

匡小慈道："看出来了，你喜欢他。"

安波道："我不知道。"

匡小慈道："我知道。"

安波道："你知道什么。"

匡小慈道："你已经陷进去了。"

安波道："你不要吓唬我。"

匡小慈道："当局者迷，你或许还没意识到。"

安波道："我怎么就当局者迷了。"

匡小慈道："不要犯傻了。你们不会有结果的。"

安波道："为什么呢？只是因为年龄么？"

匡小慈道："反正我觉得不会有好的收场，你应该悬崖

勒马。"

安波道："好吧，那我以后不理睬他好了。"

说完，她们去浴室洗澡，然后结伴回家。走到电视台前的喷泉，她们看见了那辆墨绿色吉普车，一张戴着墨镜的脸探出车窗，笑容在镜片深处，让人看不真切。

"好了，他缠上你了。"匡小慈朝女友看了一眼，眼睛里的意思很清楚——你看着办吧。

"不要理他，我们走吧。"安波幅度很小地偏过脸。

匡小慈跟在她背后，两人匆匆过了马路，匡小慈突然问道："他是不是吻过你了?"

"你怎么知道?"安波眸子中有一只慌张的小鸟。

"你真是糊涂，怎么可以让他吻你呢?"

安波把头低下来，匡小慈赶上一步，与她比肩而行，悄声道："他开车上来了，你打算怎么办?"

安波一声不吭地疾行，匡小慈连奔带跑追上去，拦住安波道："你这样也不是办法，逃得了初一，逃不了十五，今天就向他挑明，让他以后少来纠缠。"

"我说不出口。"安波有些迟疑。

"那我来跟他说。"匡小慈的余光看见教练钻出车门，朝这儿走过来。她挽住安波，像在安慰一只受惊的松鼠，面露冷笑，迎向接近的教练。

"楼教练，我严正声明，你赶紧回到你自己的生活里去，不要再来找我身边的这个姑娘了。"匡小慈道。

教练愣了一下，没料到匡小慈会用这种口气对他说话，他毕竟见多识广，对付乳臭未干的女孩，四两拨千斤就化解了。

"如果没记错的话，是你们将我引进了你们的生活。"

"我们只是例行公务，两码事。"匡小慈道。

"我不理解你的意思。"教练道。

"这么大年龄追求一个能做你女儿的女孩，不觉得荒唐么？"

"原来是这个意思。"教练做恍然大悟状，"我不否认在追求安波，这是任何单身男人都有的权利，难道有年龄限制？"

"为什么没有，什么事都有一个规则。"

"那么好，我的规则是，作为一个单身男人，我可以追求我喜欢的未婚女性。"

"好吧，即便你有这种权利，为什么一定要选择安波呢？"

"这是一个好问题，因为安波是我一直在等的人。"

"说得连我都快感动了，你有资格说这样的话么？"

"这么多年来，我一直在等着像她这样的姑娘出现。"

"你从来没结过婚？"

"是的，在她出现之前，我不会结婚。"

"你这样信誓旦旦，真让人好笑。"

"你尽可以取笑我，但我说的是事实。"

"那么好，既然你这么说，你的事实是什么？"

"我与你的对话到此为止，你想知道的事实当然是有的，但不说给你听。"教练转个身，冲着安波微笑道，"回头给你打电话。"

说完，钻进他的墨绿色吉普车，车轮滚动，喷出灰白色的尾烟，油门猛地加大，吉普车像一头鹿一样跑了起来。

两个女孩目送它消失在街角，匡小慈道："他再打电话约你，你还会出去么？"

安波摇摇头："不会了。"

说着，垂下眼帘，挽住匡小慈的手臂："我们走吧。"

匡小慈隐约明白，安波的患得患失表明了她真实的心迹。果不出所料，安波依然保持着与教练的交往，只是不再与她说。匡小慈识趣，不再过问，心中大致有个预测。基本判断始终没变，她认为安波与教练是没有结果的，所以有一天当安波对她说要嫁给教练时，她惊呆了，脱口而出："傻丫头，你不要昏头。"

说这句话的时候，匡小慈已经明白，此事已无法挽回，安波既已做出了决定，以她决断的性格，是不可能逆转的。匡小慈看着安波，她漂亮的面孔涨得通红，半掩的睫毛下有一双躲闪的眼睛，匡小慈叹了口气，将手伸向安波："恭喜你安波，我可以做你的伴娘么？"

婚礼那天，安文理没有来，这也是预料到的。安波在饭店门口守望，脸上的喜悦渐渐变淡，她知道父亲不会来了，她的伤心溢于言表，匡小慈劝道："进去吧，客人们等着呢。"

安波这才反身走进饭店。婚宴进行到一半，一个戴玳瑁眼镜的中年人赶来，走到安波身旁，他手里拿着一只小小的锦盒。安波对中年人的出现颇觉意外："葛叔叔，你怎么来了？"姓葛的中年人道："你爸让我将这件礼物给你，这是当年他跟你妈妈的定情之物。"安波接过锦盒，泪光充满了眼眶："代我谢谢爸爸。"她嘴唇嗫嚅，泪滴像珍珠挂在了睫毛上。

匡小慈始终不明白安波为什么会嫁给教练，这桩婚姻在匡小慈心中始终是个谜，她断定有某种隐情。后来安波怀孕了，她常去近郊的那个大宅陪安波，她们经常聊到半夜。匡小慈几次试探着问："你嫁给你家老兵油子看上了他什么了？"安波笑而不言，匡小慈只得摇头道："实在是吃不准你。"

安波道："你真的很想知道?"

匡小慈嗯了一声。

安波道："其实很简单，我觉得他是个用情专一的人。"

匡小慈道："就这么简单?"

安波道："难道这还不够么?"

匡小慈只好笑笑，对安波的回答，她当然是不满足的，也不好再说什么。对爱情而言，专一当然是最好不过的礼物。她叹了口气，把手放在安波的肚皮上："你希望是男孩还是女孩?"安波道："不管是男是女，都是自己骨肉，都会喜欢的。"匡小慈道："看得出来，你很爱你的老兵油子。"安波道："是的。"

然而，安波的婚姻仅维持了两年，教练背叛了她。当匡小慈看见满面泪痕的安波出现在眼前，知道自己不幸猜中了结局。她同情地看着憔悴不堪的女友，胸中充满了对教练的厌恶。

现在，贼已经得手，他如愿以偿，得到了大笔钱财，循原路回到河边。他将手套和鞋上的厚棉套脱下，塞进石头，沉进了水里。做完这一切，贼就离开了这个故事。匡小慈目睹了教练家失窃的全过程。她觉得这也许是一种报应，她幸灾乐祸地看着教练失去他的钱财，如果不是因为阴阳两界，她真想鼓励一下正在行窃的贼。对她来说，这真是一场大快人心的人间喜剧。

净水一样的绿萝卜让他打了个寒噤

安文理哭了一阵，掏出手帕擦去眼角和面颊上的泪痕。打开抽屉，将女儿的遗物悉数放入，这时他注意到那块萝卜形的绿宝石挂件，它一直被屏风状展开的通信录遮住，现在终于露出它迷人的光泽。安文理将它握在掌心中，净水一样纯洁的质感让他打了个寒噤，悲痛如同钢针，扎在体内的某个点上。这个点的位置飘忽不定，像一个虚无的靶心，它的幅员正在扩大，分布在每一个细胞中，使安文理周身一颤。

安文理站起身，走出办公室，来到大理石铺成的狭长走廊。黑色地面折射不出倒影，他缓慢地走着，一个没有影子的人，身体右侧，是大块大块连缀而成的落地长窗，从这片透明望出去，是忧郁而神秘的城市，细雨像雾，均匀地弥漫在街道与楼宇之间。

作为这座城市的最高行政长官，安文理站在市政大楼的制高点上向远方眺望，他目睹的风景竟然那么陌生，如同海市蜃楼，在虚幻中摇晃。你真的成为它的主人了么？安文理从来没有像现在这样怀疑过自己的处境。他一直以为自己是平民英雄，从普通工人的儿子一步步走向主流社会，最终到达一座城市权力的巅峰。这种政治上获取的巨大成功具有神话性质，他自然有资格自我陶醉。然而事业上达到的辉煌并没有给他带来幸福，这么多年来，无穷尽的会议、外事接待、名目繁多的剪彩和公益活动几乎占据了他的全部生活。他没有节假日，他日理万机，还要与那些垂涎他职位的政客钩心斗角。普通人的亲情、日常的爱好和他绝缘。每天深夜，拖着疲乏的脚步回到宽大空阔的住所，伴随他的是失眠和虚脱，长年精力消耗给身体留下种种隐患，他染上了好几种没有生命危险却要用大把药片才能控制的慢性疾病。有时，忙碌使他遗忘了吃药，疼痛便不失时机来提醒他，冷汗从背脊渗透出来，他面色惨白，汗珠一颗颗闪烁在额上，使他不得不停下手头的工作，吞下颜色、形态各不相同的药丸，身旁却连一个嘘寒问暖的人也没有。是的，没有这样一个人，一个在伤痛时为他擦去汗水的人。他有过一次婚姻，可惜无疾而终，有过一个女儿，而今得而复失。阒无人迹的黄夜，孤独是他忠诚的同伴，像一只亲密的狗厮守在身边，任凭驱赶，也不走开。

他终于昏昏入睡，天刚泛白，神志里的时钟将他撞醒。

爬起来，开始新的一天。繁忙的事务在他身边堆砌成一堵堵墙，他被困其中，将它们推倒，又有新的墙生长出来，这种繁忙的状态，使他暂时遗忘了孤独，他的生命与工作是一种如胶似漆的组合。因为他并没有其他乐趣，没有妻子，也没有了孩子，虽然都曾拥有过，结果却逃不出家庭破灭的命运，造成这一切的原因真的是一种宿命？上苍给了他飞黄腾达的仕途，要让他失去天伦之乐作为抵消。若是这样，他情愿舍弃前者，做一个平常人，换回他所憧憬的暖巢，如果命运允许他要一次赖，他会毫不犹豫选择再来。

此刻，忧郁而神秘的城市与他并不亲近，站在市政大楼的高处，视野中的一切是如此陌生。城市像一个巨大的模型，显得如此虚假，他用手支撑了一下落地长窗，手掌一松，一记硬物的碎裂之声使他回过神来。

那块萝卜形的绿宝石挂件在黑色大理石地坪上已跌成两瓣。安文理蹲下来，小心翼翼地将碎片拾起，惋惜之情写在他脸上，这块挂件曾是他与吕瑞娘的定情之物。吕瑞娘临终前，嘱托将它作为安波的结婚礼物。他照办了，却不是亲手将它交给女儿，而是委托了葛秘书转交。连女儿的婚礼也不去出席，实在是有点铁石心肠，他只有一个女儿，难道不爱她么？不，她是这个世界上最亲密的人，毫不夸张地说，他爱她胜于爱自己的生命。作为一个父亲，他欠她实在太多，她能够来到他的生活中，简直是命运意外的恩赐，就如一道绚丽的阳光，照亮他孤寂的心灵，从此他有了一份真实的依靠，一种精神上的皈依。自从和吕瑞娘分手后，他一直没有续弦，因为他灵魂深处无法抹去吕瑞娘和那个未曾见面的孩子，他甚至不知道那个孩子是男是女，铁镣般沉重的愧疚让他难以摆脱。多少年来，他一直试图去寻找吕瑞娘和孩子，最终还是裹足不前，因为他知道哪怕找到吕瑞娘，结果也是没有结果。可是在内心中，他保持着一份希望，觉得总有一天，吕瑞娘会因为某种机缘回到自己的身边。他坚信这一点，并发誓绝不再娶，他的等待没有成为泡影，有一天，他魂牵梦绕的吕瑞娘真的回来了，穿着当年的白色衣裙，后面站着一位少女。一望便知，那是女儿，她的面容与吕瑞娘如此酷肖，俊美的五官具有一股男子气，又不失女性的典雅和温柔。安文理鼻子一酸，纵有千言万语，却不知如何言说。这久别重逢的一幕，像一张复活的相片，后来在安文理脑海中反复浮现。

吕瑞娘去世后，安文理和安波在一起生活。安文理升任副市长不久，分配到一套宽敞的住所。这套房子坐落在城北一条链形的林荫道旁，附近住家都是这个城市的达官显贵，

进入这个街区，通常意义上说，就是进入了一种高贵的生存
状态。对寻常百姓而言，这条幽静的街充满了神秘，具有某
种不可亲近的力量。安文理搬来此地不到两年，就在一次例
行的政府换届中当选为市长，女儿安波也如愿考上了一所不
错的高中，又过了三年，被一所著名的文科大学录取，成了
一名新闻系女大学生。再后来，女儿进电视台当了一名记者。
到此时为止，一切美满，安文理看着女儿，他从心底里珍惜
这个孩子。繁忙的工作之余，他尽可能回家与女儿团聚，女
儿与她母亲如出一辙的面容让他感到黯然神伤，也让他常常
回到旧日的好时光中去。他与女儿促膝交谈，话题最多的也
是他们共同的亲人：吕瑞娘。安文理总以喟叹的口吻勾勒着
往事，对自己的婚姻满怀悔恨之情，他问女儿，你能原谅爸
爸当年的一念之差么？安波想了想，回答他，你和妈妈分手
后没有再成家，这使我原谅了你。安文理听了，慢慢走到阳
台上，心情复杂极了，他侧过头，他看到的安波是那样不真
切，她不是一个小丫头了，她端正地坐在藤沙发上，从外形
看，与她母亲当年没什么不同，如果一定要区别的话，就是
时代变了，装束要比母亲年轻时更加时髦，如果走在大街上，
将是一个回头频率很高的都市女郎。安文理道："安波，我没
记错的话，下星期是你二十二岁生日吧。"安波点点头。安文

理道："搞个生日晚会吧。上次二十岁生日刚巧爸爸出国，这次我们热热闹闹庆祝一下，一来是你生日，二来正式成了电视台记者，你把好朋友都叫来。"安文理说完，见安波摇了摇头，他有点意外："不愿意?"安波咬了一下嘴唇："我不想叫很多人来，你知道我不喜欢热闹。"安文理道："那就爸爸和你两个人过，你看可以么?"安波点点头，把头抬起来："爸爸，我可以再叫一个人么?"

安文理没理由回绝女儿的这个提议，马上点头应允了。他猜到女儿的客人会是男朋友，二十二岁了，该谈恋爱了。她能把男朋友带回来，一方面说明对这段感情是认真的，另一方面也出于对父亲的信任。他未曾想到，那个人的出现会毁了女儿的生日，更未料到女儿为了那个人，哪怕与自己的父亲决裂也在所不惜。

安文理后来之所以未参加安波的婚礼，答案也恰恰在此，安波要嫁的那个人让他断然无法接受，他不明白，女儿怎么会选择一个比她大那么多的男人作为伴侣。他与女儿促膝长谈，希望能够用严厉和诚恳使她回心转意，他失败了，安波拒绝了规劝。安文理只剩一把撒手锏了，他以断绝父女关系作为要挟，话音刚落，就听到了女儿的冷笑："在没有父亲的十五年里，我活下来了，如果再次没有你，我也能活下去。"

安波说这些话时眼中晶莹闪烁，她控制自己不让泪水流下来，她说话很轻，劈在安文理额头上，像一把透明的斧子。安文理泪水夺眶而出，别过脸："我不会参加你的婚礼的，得不到父母祝福的婚姻是不会幸福的。"安波站了起来，把背挺直，挟带着义无反顾的悲壮，夺门而出。

此刻，安文理手中的绿宝石萝卜晶莹剔透，它停留在掌心，有一种净水般纯洁的质感，胃部一阵痉挛，安文理神情凝结住了，冷汗从背脊渗透出来，他支撑着回到大房间，吞下几颗红色药丸，空濛的眼睛中，是无边无际的天花板。

颗粒无收的农夫

这个伤心的情人已在梧桐大街独自徘徊了很久，房间里零乱的情景在眼中摇晃，他现在已离开寓所很远，听到了大海深处传来的涛声，涛声震荡着心扉。他在街边的一处石椅上坐下，把头颈靠在椅背上，他浓密的头发披挂在空气里，在徐徐而来的夜风中轻轻飘扬。

马蹄声依然击打着地面，由远而近，由此及彼。邝亚滴眼睛闭了起来，他像是困了，坐了两天两夜的火车，本该沐浴后美美睡上一觉，就像往日那样，把头斜枕在安波的怀中，她纤细的手指插进他的头发，有点像抓挠，有点像梳理。他沉沉睡去，耽于梦乡。此刻，只有夜风撩拨他的发梢，使他感到冷意。他不知道去哪里可以找到安波。如果放在一年前，他会前往市北的那座公寓，安波一定在匡小慈那里，可匡小慈死了，他的寻踪就失去了坐标。不过，他知道，即便找到了安波，也说服不了她回到身边。从今往后，他对于安波，只是陌路人，即便生活在同一座城市，即便对彼此都有回忆，也已永远失去了对方。这种失去与死亡几乎没有差别，是一种活着的死去，由此带来的伤痛要比死亡更不堪承受，死亡终会因时光的流逝而平抚哀痛，生离却因为当事人并没有死去，过去的好时光会不时沉渣泛起。如同水中月与天上月的区别，虽然都是得不到，但是意义截然不同，前者是一种彻底的幻灭，后者总让人存有一丝幻想。

又有一辆马车过来，在宽阔的大街上，马蹄声十分清晰，向邝亚滴靠近，在他不远处停了下来。

一个人跳下了马车，跑到他跟前："嗨，"是个老头，笑着凑到跟前，"借个火。"

邝亚滴觉得老头好生面熟，迟疑地盯着他。

"怎么，不认识了？真是贵人多忘事，你坐过我的车。"老头道。

"我想起来了，我坐过你的车，你这是要?"邝亚滴道。

"借个火。"老头道。

邝亚滴这才发现不知何时点了一支烟，就递给老头。

老头拿着邝亚滴的烟，对着自己的烟猛吸几口，烟头一红一红，他咳了一声，把烟交回。

"算了，扔掉吧。"邝亚滴道。

老头把烟丢了，用左脚尖踩了几下，侧过脸道："有些日子不见你了。"

"我出了一个差，刚回来。"邝亚滴道。

"我说呢，怎么老遇不上你。"老头道。

"生意还好?"邝亚滴道。

"托您的福，还行。"老头吸了一口烟，吐出两个圈，"常和你一起散步的那个姑娘怎么没来?"

"噢，她身体有点不舒服。"邝亚滴临时扯了个谎。

"我说呢，你们都是成双成对出来的。"老头道。

邝亚滴嗯了一下，苦笑挂在了脸上。

马车那边有人在叫唤："这车有人么?"

"在这儿呢。"老头应道。

"小剧场去不去?"

"去，去。"老头朝邝亚滴摆摆手，"有生意找我呢，回见，回见。"

他乐颠颠地跑过去了："去小剧场？和女朋友看演出吧?"

邝亚滴看见一对年轻男女上了马车，女的背影瘦瘦长长，很像一个人，邝亚滴愣了愣，想起来了，是匡小慈，不过他知道只是背影相像而已，匡小慈已不在这个世界了。

目送着那辆马车一路向西，邝亚滴不自觉地在口袋里摸着，很快嘴里又有了一支烟。他摸出打火机，火苗蹿动，凑上去吸了几口，将点燃的烟夹在指间，再去看那辆马车，已成了皮箱大小的一个缩影。

邝亚滴又往后仰，偶尔抬手吸上一口烟，鼻腔钻出两条白炷，化作不规则的絮状物，好像灵魂逃逸出来，在空中起舞。

"唉。"邝亚滴叹了口气，食指和中指交错，烟被夹断，掉在了地上，手掌按住膝盖，头垂下去，手指插进头发一抓一放，那个老头说的话刺痛了他。

连一个驾车人都知道他和安波是成双成对的情侣，这使他心如刀绞，他与安波的恋情暴露在公众之中，不避讳，不躲藏。幸福感洋溢在他们的鼻尖上，他们愿意让这种幸福被人分享，他们没有预料到今天的结果，他们把对方看作是木已成舟的伴侣。他们走在梧桐大街上，背影遗留在月光和每一片树叶里。如果梧桐和街灯拥有视觉，也会把他们散步时的姿态储存在记忆里。

需要指出的是，邝亚滴并不是一个在意别人眼光的人，他痛苦的原因看似有很多个，归根结底只有一个，那就是失去了安波。其他的一切，诸如闲言碎语，都可以忽略不顾，他整个人空空荡荡，觉得像辛勤耕作了四季的一个农夫，在爱情这棵秧苗上浇水施肥，收成前遭遇致命的冰雹，使他颗粒无收。

邝亚滴向回家的方向踱去，他走走停停，与对面走来的一对恋人擦肩而过，他回头望了一眼，觉得自己像一只忧伤的家鹅，嘴角满是孤独。

冰凉细蛇般的冷意

沿着河堤，大眼睛警察押着双臂被反锁的教练朝大路走来，他一只手提着罪证，另一只手握着步话机，向同事汇报。教练垂头丧气，走在前面，他明白自己难免一死了，大眼睛警察手里的那包东西足以将他送上法场。终于还是败露了，有道是天网恢恢疏而不漏，一环扣一环，将他的伪装全部撕开，接下去他将受到真正的审判（与日间的讯问迥然不同）。

对于杀人罪行他无法抵赖，他败露的方式非常彻底，他心中有鬼，所以要去焚烧罪证。如果不是家中的失窃，他也许就不会情急去那片野地，他不知道自己为什么要匆匆忙忙去销毁那包东西，他其实知道危险并未过去，居然就这么沉不住气，几乎是拱手献出了将置自己于死地的罪证。

　　此刻，到了大路上，大眼睛警察让他蹲下来，抬腕看了看表，教练知道他在等待什么。果然，空旷中传来了警车特有的呼啸声，尖厉急促的呼啸声几乎将他的耳膜扯裂，警车挟着风直冲过来，眨眼工夫，在路沿戛然刹车，两个穿制服的警察朝这边奔过来。

　　教练将目光瞪直，奔过来的两个人，前面一个正是日间讯问他的方脸警察，后面是一个大个子。他们在一棵梧桐树旁站定，大眼睛警察迎上去，简单说了人赃俱获的经过，将那包东西扬了扬。方脸警察会心地笑了，他走到教练前，带着笑意问道："楼教练，动作慢了一步啊。"教练把眼睛一闭："你们的目的达到了。"

　　后面的大个子警察走上来，大手张开像一只手套，攥住教练的手臂，嗓音比麻绳还要粗壮，教练听到了不耐烦的催促："走，磨蹭什么。"

　　教练回眸去看大个子警察，他看到的是一张不屑一顾的表情："看什么，你以为你是谁？你是零。"

"你是零"这三个字刺中了教练的神志。他想起来了，安波离开前也说过同样的话。你是零，也就是说你已经没有了，被彻底擦去了，就像从来没有过一样被擦去了。教练一昂首，不想被认为是胆小怕死之辈，被押上了警车。

呼啸般的怪叫重新响起，风刮进车厢，不知是来自千里之外蝴蝶的翅膀，还是来自车轮的滚动，教练的眼泪流了下来，其实他瞳仁内并没有被吹进风的颗粒，他不能让警察认为自己在哭鼻子。他用力眨巴眼皮，用肩膀去擦眼睛，以图证明是眼睛里进了异物。由于双手被反锁，他肩膀够不着，只好将腿折叠起来，脸埋进膝盖，让裤子将泪吸干。他抽了一下鼻子，重新抬起了头，他没有去看两名警察。车身一阵摇晃，也许是经过了某个凹凸之地，他的眼神随着这阵摇晃而飘忽，余光告诉他，两名警察一直在注视他。他脑袋垂下来，知道自己快要死了，一生的名誉和尊严将归于一个零。从今往后，世上将再也不会有楼夷这个人，偶尔提起这个名字，也将与耻辱紧密相连。不过那与他已没有任何关系，因为他已饮弹身亡，被烧成了灰烬，关进一只木匣，被丢弃在荒草堆中。是的，连一块墓碑也不会有，即便有，也只能是一块无字之碑，总不能刻上"杀人犯楼夷之墓"，最后一句奠文是"因杀人罪被执行枪决，立此存正"。

想到自己的结局如此凄凉，教练惊恐地抬起了头，警车螺旋形的呼啸像一群怪鸟向他扑来。他吓出一身冷汗，空间窄小，两张神情严肃的警察面孔近在咫尺，他往后一缩，后脑勺磕在坚硬的铁皮车体上。

警车向前行驶，可以感觉到开得飞快，地面平坦，不再震颤。楼夷知道正行驶在通往市区的高速公路上，在这样的公路上，最能显示出汽车的性能，他那辆墨绿色吉普车最高能拉到时速两百公里，那种心旷神怡的感受简直就是飞翔，"嘿，真带劲。老兵油子，快点，再快点。"一旁吆喝的是长发飘飘的安波，车窗大开，风像湍急的洪水灌进来，吹得眼睛眯起来。安波在教练肩膀上重重一捶："真带劲，老兵油子。"老兵油子是安波对教练的昵称，如同教练称她小耗子一样，昵称的来源是因为前者年轻时曾参过军，而后者的属相是鼠。"你觉得带劲，那就再加一挡。"教练添加了鞋底在油门上的分量，吉普一连超出好几辆车，轮盘几乎脱离了地面，两旁的风景变成模糊的画面向后疾退。"真带劲，老兵油了，你太棒了。"安波吻了一下教练的脸腮。"别。"教练连忙制止，因为安波飘散的头发遮住了他一部分目光，教练将车速放慢，道旁的景色渐渐能分辨出它们原来的面目，树林、农舍、土庙、乡村学校、水库、断桥、庄稼……不一会儿，又会变成厂房、街灯、农贸市场、居民小区、大楼和商场，这是进入市区的标志。果不其然，警车的行驶变得时断时续，虽然车厢是封闭的，但是教练仍能猜出，警车已驶出高速公路，来到拥挤的市区街道，开不快的理由只有一个：堵塞（警车是不必在乎红灯的），这是城市交通的典型症状。虽然行驶的速度放慢，但是车顶类似呼啸的怪叫并没停止，涟漪般一圈圈荡漾开来，告诉四周的市民又有罪犯落入了法网。只是路人不会知道，被押解的是一个重要人物，一个为国家带来过荣誉的著名教练，一个叫楼夷的常在电视上抛头露面的社会名流。

"你是零。"教练耳畔回响着这三个字，是的，他成了零，甚至零都不如的负数。对今天的下场，他无话可说，作为一个当事者，他知道那是一个意外事件。可杀人作为一个事实，他无从推诿，真正的谋杀罪是罕见的，绝大部分致死案都与偶然有关，特别像楼夷这样明哲保身的人，酝酿一个杀人计划并去实施它，除非是脑仁发了霉。然而霍伴确实死了，并且是他杀死的，他将因此偿命。让楼夷百思不得其解的是，他明明把无头尸扔进了二十多公里外的大海，怎么会在护城河浮起？无头尸应该被鲨鱼吃掉，被旋涡搅碎，被洋流送到大海的尽头，唯独不应该回到内河。虽然理论上说，地球的水系都是相通的，但是大海把无头尸送回护城河依然没有道理，唯一的解释就是，霍伴变成了索命的厉鬼，借助神秘的力量，把无头尸交给警察，将楼夷捉拿归案。

楼夷明白，从这一刻起，他将丧失一切权利，已没有资格掌握自己的命运。一个没有资格掌握自己命运的人，就等于一具行尸走肉，在别人眼中，他的存在与否将无关紧要。他的一切言谈举止，可以被任何人轻而易举地否定。在身体消失之前，他的灵魂只能与自己对话，就像一个幽闭症患者，找不到倾吐对象。作为一个可耻的角色，四处布满了唾弃之声，直到代表法律和正义的子弹穿过后脑勺。在明亮的枪声中，他应声倒地，痉挛的肢体充分舒展，一个扭曲的姿势凝固下来，他张大嘴巴，表情夸张得如同蝙蝠，脸色瞬间黄中带灰。想到这里，教练泪水重新流了下来，这次他不再试图装作是风的颗粒所致，任凭咸涩的液体顺着下巴滴进领口，他的脑袋顶着铁皮车体，头仰成一个锐角，眼泪从颈部一路下滑，俨如一条冰凉的细蛇，带给他毛骨悚然的冷意。

少华你弄痛了我的腰

少华把话筒放回叉簧，轻轻叹息了一声。他其实是非常想找一个人说话的，他需要一个耐心的聆听者，听他一吐为快。一座古老的火山沉默了太久，这一刻喷薄欲出，尽释胸中块垒。于是，他拨下了一串号码，电话通了，却捂住了话筒，一个女子在隐约呼唤，他皱了一下眉头，将话筒放回原来的位置。他就是这样患得患失的性格，离群索居，守住一份完整的孤独。

少华走到窗前，天色是一大片深灰的布料，缓慢的饥饿感在胃里蠕动，去三楼食堂买晚餐，带回病房吃。他最近胃口不赖，这当然是好事，进食是维持生命状态的基本形式，能保持食欲说明器官运行尚好，若是一个病人，则说明目前情况比较稳定。通常情形下，食欲可以作为诊断的一方面，被病痛纠缠者多半不会有一个好胃口。

吃完晚餐，少华找出一本书，坐在沙发上。因为有点寒热，他吃剩较多，不过留下的是米饭，覆在上面的鱼和蔬菜基本吃完了。

齿缝间有鱼刺，少华取来一根牙签，一边剔牙一边将书打开，其实他并不想看书，只想保持这样一个姿势，书的内容无所谓，使他暂时心无旁骛即可。书真是一个好东西，一旦进入，就可以抛却杂念，不去浮想联翩，少华手中是歌德的《亲和力》。

一个破门而入的女子打断了少华的阅读，她气喘吁吁，遗失了作业本的小学生似的，怀着惊慌。少华抬起头来，她脚步收得太快，失去了情绪的重心，表情收拢，尴尬地舒展，处于惊奇和羞涩之间的笑容，像一朵花蕾突然绽放，与其说是一种笑，毋宁说是脸部线条的滑离。她的嘴咧开了，整齐白净的牙齿间，探出一秒钟舌尖，她的怪异神态使少华生疑："冬儿，怎么失魂落魄的样子？"

漂亮的女护士杨冬儿局促在那儿，声调很轻地问道："刚才是不是你打的电话？"

"我打的电话？"少华道。

"有个人打来电话，一句话不说就挂了。"杨冬儿道。

"你怎么肯定那个人是我？"少华道。

"我没有肯定是你，只是以为是你。"杨冬儿道。

"你没猜错，打电话的人是我。"少华道。

"真的是你？"杨冬儿道。

"承认了你又不相信了，是我。"少华道。

"为什么打通了又挂了？"杨冬儿道。

"本想找个人聊天，想想也没意思，就挂了。"少华道。

"原来是这样，知道这样就不来了，"杨冬儿回过身去，"我先走了，明天一早还要上班。"

少华唤住了她："且慢。"

杨冬儿回过身来，看见少华的脸阴沉下来："我明白了。"

"你明白什么了？"杨冬儿道。

"你心急火燎赶来了，是怕我寻短见对吧？"少华道。

杨冬儿不吭声，把头扭到一边。

少华忽然笑了起来，杨冬儿盯着他看，少华从没有这样欢畅地笑过，他来历不明的笑声令杨冬儿备感陌生。

"你怎么了？笑得怪吓人的。"杨冬儿怯生生道。

"没，没什么。冬儿，你过来。"少华用手指拭了一下眼角。

杨冬儿向前走了几步，来到少华跟前："从来没见你这样笑过，你这是怎么了？我怎么觉得一点儿也不好笑？"少华把下巴扬起，看着面前的杨冬儿，一把将她搂住。

"冬儿，你为什么待我这么好？"

杨冬儿双腮腾起一片绯红，她甚至连挣扎也忘了，柔弱地呻吟道："少华你弄痛了我的腰。"

　　少华没有松开她，反而加强了肌肉的力量，手臂的挤压终于使杨冬儿不堪忍受，她再次叫了起来，似乎添加了一丝恼怒："少华你放手，你真的弄痛我了。"

　　少华被她一喝，手臂松开了，如同泄气的皮球，瘫软在椅上："我是不是弄痛你了？"

　　"你今天是怎么了？"杨冬儿脸色由红转白。

　　"冬儿，你对我好，我是知道的。我不想隐瞒，我也喜欢你，可是你知道吗，我随时随地都会死掉的。"

　　"少华你不要胡思乱想，你现在不是很好么？"杨冬儿道。

　　"今天打电话给你，是想讲一个故事，在我临死之前，我只想告诉你一个人，因为我没有别的东西来答谢你。这个故事是属于我的，可话到嘴边，我还是挂断了电话，没想到你跑来了，跑来了也好，我就讲给你听。你知道我为什么回避你？因为我不能好好去爱，我有一个障碍，这个障碍导致我不可能像一个正常男人那样去爱女人。你不要这样看着我，听我慢慢对你说。冬儿，你是一个好姑娘，在你面前我没什么羞耻与忌讳，我愿意毫无保留地给你说这个故事，你听我慢慢对你说……"少华摸了摸额头，继续说下去。

只有彻底地遗忘才能获得新生

夜晚的河流缓慢流淌，天与地的界线越来越不清晰，安波在死神的指引下，去河边的野地走了一遭。此刻，她的面前恢复了殡仪馆的场景，她朝躺在房间中央的遗体看了一眼，想到不久便可重返人间，感觉就像乱麻难以梳理，恍如刚进入一个梦，又进入一个梦中之梦。忽然，听到一个声音在叫她名字："安波。"

"谁？"她忙答应，看见母亲的亡灵显现在面前。

"安波，是我。"吕瑞娘被什么东西托着，足不沾地，却稳稳地站在那儿。

"妈妈，你怎么现在才来？"安波道。

"你白天的呼唤我听到了，可不能来见你。"

"为什么？"

"我们是夜晚的主人，就像树叶的两面，人间是正面，我们是反面，前者属阳，后者属阴，否则就会乱了套。"

"妈妈，我看你足不沾地地飘着，我好像不能这样。"

"其实你已经能飘起来了，只是刚来这儿不熟练罢了，等身体被焚烧，失去了影子的羁绊，你就能更轻地飘起来了。"

"这又是为什么?"

"这是因为你不再有依托，没有任何东西可以牵制你，你可以随心所欲飞翔，就像我现在这样。"吕瑞娘说着示范起来，缓缓升起，悬在半空中。

安波看了，有点发呆，准备试飞，没有成功。

"怪了。"她想起了自己用意念转移的事。

吕瑞娘降落下:"怎么了?"

安波把疑问说出来，询问道:"怎么现在反倒不行了呢。"

吕瑞娘道:"我说你能飘起来，只不过不够熟练，你的转移是在无意中完成的，刻意反倒无法施展。不过不必焦急，等躯体焚烧后，就不再有什么东西可以约束你了。"

"妈妈，我还有个问题，你是怎么住进一个人的耳朵里去的?"安波的疑惑显而易见，她不理解小小耳孔怎么住得下母亲的亡灵。

对此，吕瑞娘解释道:"因为我们是形状而非物质，虽然看上去与人的模样相同，却只是一个虚幻的投影罢了，如同电影里的人物一样，可以被看见，却不能被触摸，因此不用说耳朵，更小的容器也可以装入我们。"

安波又问:"既然不能被触摸，如何证实自己的存在呢?"

吕瑞娘道:"这一点毋庸置疑，你我此刻不是在对话么?

况且，我们也不必向谁证明自己的存在，存在的主体不必借助存在的客体来证明。"

安波道："妈妈变成哲学家了，我说的不是这个意思。"

吕瑞娘道："我明白你的意思，不能被触摸并不是说就是不存在，譬如空气或者电流，道理是一样的。"

安波道："我刚才见到了死神。"

吕瑞娘道："死神是无处不在的。"

安波瞥了一眼自己的遗体："我的身体如此丑陋，没想到死神却那么美。"

吕瑞娘道："死神之所以美丽，是由于凝聚了生命的精华，遗体之所以丑陋，是因为耗尽了生命之光。"

安波若有所思，喃喃自语道："现在我不知道活着和死去究竟哪一个更好，也许它们本就你中有我，我中有你。"

吕瑞娘道："你的话没错，任何人都会到我们这个世界来，你我也终有一天会重返人间。"

"你说的是轮回么？"安波道。

"轮回？也许吧。"吕瑞娘说。

"刚才死神对我说，当一个人来到我们这个世界时，就会有一个灵魂转世投胎，回到红尘中去。死神特地为我找了一个将不久于尘世的人，让我住进他的耳朵里，一旦他在人间消失，我即可返回人间。我百思不得其解的是，既然死神要匆匆送我回去，又何必急着将我招来？"

"其实人的一生都是预先安排好的，"吕瑞娘想了想道，"作为安波的你不存在了，再次投胎时就是一个全新的人，与安波没有任何关系。我并不认为死神的举动是随心所欲，要你来是因你阳寿已尽，让你走是因为有一个新的生命即将诞生。这完全是两件事情，不能混为一谈。"

"那样的话，我转世的时候就意味着再也不是安波了？"

"是这样的。就像你现在叫我妈妈我还可以答应，因为我们的形态还是人间时的模样，也有属于人间的共同记忆，可到那时候就不可以了，我们之间的一切都会不复存在，你也不会再认得我，说不定我投胎时会成为你妹妹，甚至女儿也说不定，当然也有可能会一点儿关系也没有，要看你我是否依然有缘了。"

"我们再也记不起以前的事了？"

"不会，你要知道，当重新转世的时候，安波就彻底消失了，无影无踪，就像从来没有过一样，包括记忆在内的一切都会删除得一干二净，而且，作为一个全新的人，你又有什么必要去知道一段与自己毫不相干的故事呢？"

"也就是说，到那时我的一生才真正结束了是么？"

"你的这个答案是对的。"吕瑞娘道。

"妈妈，照你这样说，我不想再去投胎了。"

"这说明你不想遗忘。"

"是的，如果重新做人的条件是彻底遗忘，代价实在太大了，我觉得划不来。"

"可只有彻底遗忘才能赢得焕然一新的生命。"

"让我想想，让我想想。"安波陷入了深思。

"如果是我的话，我就不去投胎。"旁边有个声音插话，旋即，匡小慈把身影现了出来。

"小慈，你终于来了。"安波道。

"我其实早就来了，一直在听你们说话。"匡小慈道。

"你还是老样子，神出鬼没的，鬼丫头。"安波道。

"这叫江山易改，本性难移，"匡小慈叹了口气，"现在真成了鬼丫头了。"

此言一出，现场缄默。

"你刚才说不准备投胎，说说你的理由。"安波道。

"我的理由很简单。安波，你知道我最喜欢看电影，现在看的正是一场人间大影片，一切恩恩怨怨在这里都会有一个了结，一个个漂亮的闪回，常常让我心旌摇曳。"说到这里，匡小慈突然问道，"有件事我一直想知道。"

"什么事?" 安波道。

"我想知道你当初嫁给教练的原因。" 匡小慈道。

"不是早告诉过你了, 嫁给他是因为他对爱情的专一。" 安波道。

"不对, 我觉得另有隐情。" 匡小慈道。

"说起隐情, 倒是提醒了我, 这件事牵涉到我妈妈, 趁此机会, 我倒是正好核实一段往事呢," 安波看了一眼吕瑞娘, 问道, "妈妈, 你还记得楼夷这个人么?"

蜡烛的泪滴

安波二十二岁生日那天, 蒙蒙细雨在微风中浸淫了整座城市。城北那条链形林荫道旁, 十几朵烛花映出窗外, 在一个大房子里, 它们照亮了墙壁, 产生了斑驳的碎影。父女俩的脸在闪闪烁烁中浮现, 面前的餐桌上放着一个大蛋糕, 二十二支彩色小蜡烛分布其上, 尚未被点燃。周遭焕发出光亮的是另一些红色的火烛, 它们代替了灯光, 将一种温暖的情愫并不匀称地贴在窗帘或其他物事上, 也将餐桌两旁的父女烘托出剪纸般的轮廓。当然, 点蜡烛不是因为停电, 仅仅是为了渲染一种气氛, 这是安波精心布置的场景, 符合女孩骨子里的浪漫诉求。说到底，包括生日在内的所有节日，本质上都是普通日子，只有仪式感才能彰显其特质，仪式感必须借助于道具：蜡烛、鲜花、小点心、礼服、背景音乐，以及用精美辞藻装饰过的各种祝词。这些道具给虚拟的节日以真实感，令一个普通日子从其他的普通日子中脱颖而出。

他们在等人，等那个安波所说的重要来客，对于这个尚未出现的角色，安文理不必猜就可以判断出他的身份。他看了一眼安波，女儿长大了，到了可以自己支配生活的年龄。表面上，安文理很平静，内心却波涛翻涌。从政生涯的训练，一个额外收获是，可以自觉管理情绪，无论快乐还是烦恼，表情始终是静止的湖水。

他不知道将是怎样的一个人敲开门，或许就此走进他们的生活。他看着女儿，似乎想从她的眸子里看出点端倪，她应该先交代一下这个人的背景，而不是打一个哑谜。女儿的眼神清澈见底，他想自己的忧心是多余的，安波是个眼界颇高的女孩，能被她看上的不会是等闲之辈。正这样胡乱猜疑，门外有刹车声，过了一会儿，响起"笃笃笃"三记敲门声。

安波应声道，来了。

她跑去拧开门锁，一束缤纷的鲜花首先绽放在安文理的视野中，随即一张脸从扩张的门隙间呈现出来。

来者看见了安文理，笑容挂在嘴角，神情略显拘谨。

安文理的目光像带着虚线的标枪，击中了对方，他张大嘴巴，没有吐出半个音节，口形却能判断出欲说还休的话："怎么是你？"

站在门侧的安波从这凝结的一瞬看出了破绽："爸爸，你认识他？"

"不，不认识，只在电视上见过他，"安文理道，"楼夷，市游泳女队的主教练，我没认错吧？"

"没有认错，我是楼夷。"楼夷道。

"原来是这样，我还以为你们认识呢。"安波把门闩上，回首道，"楼教练也一定在电视里见过我爸爸。"

"是，也不是，也许安市长健忘，我们应该早就见过面。"楼夷道。

"哦，"安文理似乎有点意外，"我们见过么？"

"二十多年前在郊外的湖畔，我们见过，当时在场的还有一位女性。"楼夷道。

"二十多年前？我不记得了，时间太长了。我们真的见过吗？也许吧，"安文理做了个请的手势，"坐吧。"

楼夷坐在一只有扶手的软背靠椅上："没想到这么凑巧。"

"凑巧？"安文理剜了一眼对方，"楼教练，我想知道的是，你是怎么认识安波的?"

楼夷捕捉到了安文理的敌意，迟疑了一下，刚要答话，安波在一旁道："我和楼教练是这样认识的，他到电视台来……"

"我没问你，还没轮到你说话的时候。"安文理打断了女儿，他的面目盖上一层阴霾，若干年来训练成的宠辱不惊的修养瞬间坍塌。

四处的烛光暗淡下来，难堪作为一种情绪，像拆碎的厚棉絮徐徐凋零，令人窒息的压抑感如同霉味，把安波精心布置的节日场景完全侵蚀了。

她瞥了一眼父亲，知道今天的生日不会再有圆满的收场。这是她早有准备的，她叹了口气，在死寂中划亮一根火柴，她点燃蛋糕上的小蜡烛时手微微发抖，用掉三根火柴才点燃了一朵烛花。

她专心致志地划火柴，用火焰去寻觅细细的引绳，她鼻子一酸，眼眶红了一圈。在她漫漶的目光中，伸出了一条手臂，接着又伸出一条手臂，几乎是同时，两记金属翻盖掀开的清脆之声在她耳中重叠，那是打火机的响声，它们吐出蓝色的火焰，手势所到之处，一朵小小的花蕾开放摇曳。很快，安波的脸庞在二十二支燃起的烛花映衬中染上了一层胭脂。

几乎又是不约而同，"当"，打火机的翻盖被合上了。

"吹吧，祝你生日快乐。"安文理道。

安波没去吹灭生日蜡烛，她看着那些彩色的泪滴缓缓地往下流，时间一分一秒过去，沉默仿佛是越来越大的冰把空气冻住，不知过了多久，二十二支蜡烛熄灭了，蛋糕上结出厚厚的云层状的硬壳，安波将头抬起，看了看分坐两侧的男人，他们盯着被破坏的蛋糕，似乎都在出神。

终于，安文理长吁了一口气，起身走到窗台边，背对坐着的两个人道："安波，你二十二岁了，有权选择今后要走的道路，我并不想知道你与楼先生结识的经过。你们今天以这种方式出现在我面前，真的让我大吃一惊，我还要说你们的勇气让我钦佩，可是除了钦佩，也感到脸上发烧。我难以用言辞来表述此刻我的感受，这也是正常的，任何一个有理智的父亲，都会因此而手足无措。我不想否认我也如此，在我梳理出头绪之前，我可以预先将答案告诉你们，我绝不容忍你们继续交往下去。"

"只能是这样么？"安波道。

"是的，只要我一息尚存，这个答案就不会改变。"安文理道。

"我早知道结果是这样，你的态度并没有让我吃惊。"安波道。

坐在软背靠椅上的楼夷缄口不语，他知道，此刻哪怕说一个字也属多余，会使自己陷入更加狼狈不堪的境地。很明显，他是一个不受欢迎的人，这对父女的争执正是由他而起，应该说，他今天是有备而来。他情知，他与安波的恋情在世俗层面必定会成为众矢之的，过于悬殊的年龄如同壕沟，难以从情理上一跃而过，他做好了被羞辱的打算，如果要让安波成为自己的妻子，就免不了要过这一关。楼夷没想到安波的父亲竟是安文理，刚一进门他就认出了他，不仅仅因为他是市长，还因为他是当年夺走自己女人的男人，他感到命运的这个玩笑过于戏剧化了，他完全被这个充满离奇的巧合震慑住了。

他看着站在窗台前的安文理，不知何时，窗户被打开了。吹进了一些风，因为有雨，湿漉漉的空气注入室内，在原本封闭的空间里畅通无阻。楼夷清楚地记得二十多年前，也是这样一个细雨连绵的日子，他蒙受了一生中最大的耻辱。如果说爱情是草原上的角逐，那么他就是一只被淘汰出局的山羊。他心爱的女人随着另一个男人消失在岁月的细雨中，让他黯然神伤。此刻的情形与当年何其相似，他与相同的一个男人，为了争夺一个女人再次相逢，这是一场超越时空和情感的角逐，输过一回的他不允许再输一回，他要将安波从安文理身边夺走，就像当初安文理夺走吕瑞娘一样。

楼夷直起腰，调整了一下气息，轻声道："安先生，我理解一个父亲的心情，可您将情感与理智混淆了，所以才说出刚才一席话。我知道，我现在的每句话都会导致您的反感乃至厌恶。如果我识时务，最好就此道别，并且遵循您的意思从此与安波不再来往。可我是一个不识时务的人，在这件事上，无法如您所愿，因为我真的爱上了安波，我要她成为我的妻子。我觉得我的举动并不荒唐，相信您应该比我更懂得爱没有年龄的界限，法律也永远不会有这样的约束。我爱安波，我要娶她，答案只能是这样，只要我一息尚存，我绝不会改变我的选择。任何人都有追求幸福的权利，虽然您贵为一市之长，但是不能剥夺我的资格，只有一种情况除外，就是安波亲口拒绝了我，那样的话，无须您驱逐，我会自行走开。"

安文理慢慢转过身来："希望你遵守诺言，如果安波拒绝了你，就不要再来纠缠她。"

"我知道爱是不能强求的，不会去勉强别人。"

安文理点了点头："那好，我们一言为定。"

"一言为定。"楼夷道。

　　毫无疑问，安文理之所以接受楼夷的建议，是觉得自己稳操胜券。他相信自己可以说服安波，让她离开楼夷。他认为在情感的平衡器上，父亲这两个字的分量是任何砝码都难以比拟的，更何况，在他眼中，楼夷在这场情感的竞争中并无多少优势可言。没错，他有一些专业成就，有一些虚名，也有一些男性气概，安波所迷恋的，充其量是一个成熟男子的幻象而已，只要向她晓之以理，幻象就会土崩瓦解。是的，安波一定会在他的循循善诱中醒转，与楼夷分道扬镳。

　　想到这里，安文理的恼怒平息了一些，他听到楼夷在道别："那么安市长，今天就这样，告辞了。"他点了下头："好的，再见。"一旁的安波道："我送送你。"楼夷道："不必了。"安波道："还是送送你。"

　　他看见女儿跟着楼夷出了门，过了一会儿，听到了引擎发动的声音。女儿倚在门口，轻声道："爸爸，可以开始您的劝说了。"

一个窈窕的身影在放大的门隙中出现

　　楼底下，邝亚滴在找着什么。那是一片广阔坚实的地坪，本来长有一些木本植物，不久被调皮的孩子们消灭了，留下光秃秃的泥土，像褐色伤疤，后来维修污水管道时，干脆铺上了水泥。这块有六七十平方米的面积从此草木不生，与高耸的大楼融为一体。

在路灯的帮助下，邝亚滴找到了几块八音盒的碎片。从十二楼的高度跌下，它几乎粉身碎骨，如果是一个人从同样的高度纵身一跃，会怎样呢？当然，邝亚滴不会这么做，虽然他悲恸欲绝，但不会以死殉情，殉情是怯懦的行为，是不敢面对痛苦的逃避方式。匈牙利诗人裴多菲说过，生命诚可贵，爱情价更高。失去了爱情，生命又如何值得一提。祭奠爱情的最好方式是投身到痛苦的深渊里，让不请自来的回忆不断折磨自己。

邝亚滴直起腰，他看见安波奇迹般出现在眼中，他先是惊愕，然后羞愧地低下了头，他仿佛看见了充满鄙夷的眼神，他想得到安波的宽宥，可连抬起眼帘的勇气也没有。

邝亚滴的掌心无力地松开，八音盒的碎片重新掉在地坪上，他抬起头，发现面前并没有安波。他知道安波再也不会回来了，那个叫邝亚滴的人已在她心中彻底死去。她不想再看到他了，他甚至连被痛斥的资格也丧失了。

邝亚滴颓丧极了，坐在冰凉的水泥地上，再次陷入浑浑噩噩。可是，他置身其中的那个秋天的黄昏并不是一种虚构，它异常真实，像一只淫荡的苹果悬挂在时间之树上触手可及。

时至今日，当邝亚滴回忆起那个女演员，仍不能否认那次短暂的合欢所带给他的快乐。是的，虽然它给今天的生活带来了如此严重的后果——他真的那么憎恨那个女人，他的憎恨完全出自于内心，现在想起来了，他其实从一开始就是憎恨她的，并不是在录像带上的秘密暴露之后才开始憎恨她的。他是怀着一颗憎恨之心为她宽衣解带的，不，更确切的说法应该是，她已经把什么都解开了，他只是粗野而笨拙地把衣物剥掉而已。

邝亚滴的动作幅度很大，几乎用一条手臂的力量便把女演员扛在了肩头，在迷乱的呻吟声中，他把赤裸的女人扔在床榻之上。女演员凝脂般的躯体在暗淡的光线里袅袅上升，如同一束烟的变幻，勾勒出一个女人的完美轮廓。

女演员双腿盘绕在臀部下面，她的美貌和丰腴的身段使邝亚滴意乱情迷。对他来说，她曾是一个邈远的神话，他简直不能相信，今生今世能和她同枕共眠。从第一次在银幕上看到她，那个单纯甜美的女孩形象便成了他情感中一个珍贵的收获，她参与饰演的电影他从不错过，她是年少轻狂的邝亚滴的梦中情人，他信誓旦旦地在友人们的聚会中申明：我有一个偶像，但不告诉你们。

邝亚滴没向别人袒露过这份情愫，对他来说，那太不切实际了，他的幻想只会招来聆听者的耻笑。可现在，他要得到她了，她就在咫尺之遥，依然是那样甜美，然而她已不是她了，仿佛一只珍贵的瓷器跌碎了，她已不再成为邝亚滴心理上的障碍，他可以像对待一个华丽而廉价的工艺品那样随意处置她。邝亚滴走上去，毫不犹疑地握住女演员的乳房，身体旗帜般覆盖住她，他的头颈立刻被抱住了，女演员成了章鱼，把他缠得很紧，他几乎透不过气来。他将头微微抬起，由于距离过于贴近，他不能看见女演员脸的全部，只有纤毫毕现的皮肤毛茸茸地映入他的瞳仁。女演员急促的鼻息热烘烘的，邝亚滴从她怀抱中挣脱出来，冲着那双迷乱的眼睛发问："你为什么要来？"

"你说呢？"那双眼睛巧笑倩兮，做了一个反问。

他用双手捧住她的脸庞，手指抚摸着她的两腮，一遍又一遍均匀地抚摸，像在确认一个事实。终于他叹了口气，像是私语，又像是说给一个无关紧要的人听："其实我宁愿你是那个难以企及的梦。"

这句话无头无尾，女演员面生疑惑："你说什么？"

她没有得到答案，再次听到那句："你为什么要来？"

"我喜欢你在摄影棚里看我时的眼神，你看着我的裸体，就像在看一道菜。"她语调充满挑逗，舌尖舔了一下嘴唇。

"你把自己看成一道菜?"邝亚滴道。

"可是你何尝不是我的一道菜呢?"女演员放肆地笑起来。

话音刚落，邝亚滴的身体僵住了，女演员准确而敏捷地握住了他的阳具，勾人心魄的神情与两小时前在摄影棚中的放荡如出一辙。那是场洋溢着激情的床上戏，按惯例进行了清场，与剧情无关的人无一例外遭到了礼貌的驱逐。他留在了片场，因为他得到一个美差，客串一个急不可待的嫖客。

他装成醉酒模样，步履跟跄，破门而入，等待接客的妓女小红轻解罗纱，将半隐半现的身体盛开在摄像机的镜头里。

饰演妓女小红的就是此刻与邝亚滴睡在一起的女演员。邝亚滴从电影学院毕业后，进入了电影业，经常听到关于这个女演员的绯闻。起初，基于对偶像的美好记忆，他不愿相信。说的人多了，他动摇了，他不无痛苦地说服自己，当年那个单纯甜美的明星已变成了风流放纵的三流演员，由于名声的毁坏，她已拿不到好角色，只能凭着天生丽质扮演一些花瓶，乃至于和邝亚滴这样的客串龙套出演一场节外生枝的床戏。可是，她确确实实是一个美人——虽然不再清纯可人——会说话的眸子使扮演嫖客的邝亚滴目光呆滞。

也许他心中充满了鄙夷，但那仅仅是出于理智，而他的欲望，他生命中最纤细敏感的原始之树却枝叶伸展，他脑袋里交织着一个疑团：她为什么会变成一个荡妇？也许是因为情感遭受了打击，也许天性就是那样恬不知耻。

他宁愿相信是前面一种情况导致了偶像的堕落。

这个猜想很快被带着节拍的敲门声否定了，"嗒嗒，嗒嗒"，正在闭目养神的邝亚滴看见门隙渐渐放大，先是一张脸，随后是窈窕的体形。她出现在眼前，顺手关闭了房间的锁具。一切尽在无言中，目瞪口呆的邝亚滴立刻明白了这个看似不经意的动作所表达出来的意味。

在欲望被激活的同时，浓郁的忧伤弥漫在邝亚滴的肺腑中，几乎不费吹灰之力，他得到了曾经梦寐以求的偶像。正因为如此，他的心碎了，对他来说，这是一个欢喜的悲剧。在肉体满足的同时，他的心彻底碎了。

他和女演员的露水情缘在三个月后宣告终结，她要嫁人了，嫁给一个有钱的老头。邝亚滴的底线是，不和婚姻状态中的女人保持情欲关系，不仅仅是出于道德，更多的是怕给生活带来不必要的麻烦，他坦率地阐述了自己的准则，女演员在取笑了他的退缩之后，答应结束这段关系。在饯别晚餐中，邝亚滴问道："那天你为什么来？"

他指的是什么，女演员当然明白，她撮一口菜放进嘴巴，故意嚼出毛糙的声响，邝亚滴心领神会："你真的把我当作了一道菜？"

女演员道："是的，一道不错的菜。"

他们用疯狂的做爱度过了最后的夜晚。

房间摇晃起来了，紧跟着，昏暗的背景被明亮的灯光打破，邝亚滴手臂上架着一台摄像机站在女演员前方，这个鬼使神差的举动，使两人愈加血脉贲张。摄像机被固定下来，扭曲的躯体成为镜头的主题，也是这对露水情人放浪的遗产。

终于，冰凉的水泥地把邝亚滴带回现实，他的屁股仿佛被铁块吸住了，他站起身来，把下肢抖一抖。夜幕中，是阒无人迹的楼群，是空旷的街灯，是莽撞的蝙蝠，是翩跹的落叶，是往事的草籽在犄角抽芽，是比月亮还要清冷的孤寂，邝亚滴清脆的喷嚏声控制不住地钻出了鼻子。

伊人影楼附近的车祸

电话铃声响起的时候，杨冬儿正把视线从书本上移开，朝着窗外远眺。透过生锈的窗栏，可以望见护城河的围堤，爬山虎深浅不一的绿色被建筑垃圾阻拦，轮渡码头那边正在改造，周遭显得很是混乱。

　　杨冬儿惊讶地看见父亲杨叉在视野里出现了，其实他每天回家都要经过轮渡码头，杨冬儿惊讶的当然不是父亲本身，而是他今天回家的方式。他跟在一辆黄鱼车旁，为骑车人指点着行驶的方位。黄鱼车上，放着一只大纸箱，从外形和上面依稀可辨的图形可以确认那是一台彩色电视机。杨冬儿惊讶的正是这个，事实上，家里那台陈旧不堪的十二英寸黑白电视机早该换了。可家里巨大的经济压力不允许这样做，自从同父异母的哥哥霍伴染上毒瘾之后，生活就全部乱了套，本来就不那么好的家境更是一落千丈。父亲把所有值钱的东西都变卖掉，用来为霍伴戒毒还债，为了填深不见底的窟窿，已经退休的他继续在医院干着老本行——那种没人愿干的担架工。

　　所以，杨冬儿看见父亲运了一台大彩电回来，怎么会不觉得奇怪呢？她把目光收回来，准备下楼去迎接父亲，这时她听到了电话铃声，走到五斗橱旁拎起了话筒。

　　"喂?"她轻声发问。

　　听到的是短促的停顿后传出的忙音，她愣了一下，手指迟缓地按下了叉簧，若有所思地将话筒搁在上面，不知为何，她觉得那是他打来的电话，心想，为什么拨通又挂了呢?

　　她心中忽然产生了不安，觉得这个欲说还休的电话背后埋伏着不祥的征兆，她胸口怦怦乱跳，决定出去一次。

便披上了外衣，疾步走下楼梯，又站住了。她看见父亲和那个送货上门的人正在搬那台大彩电，她一边上去帮忙一边询问道："爸爸，你怎么买了这么大一台电视机？"

她看见父亲苦笑着摇了摇头，倒是那个边上的人解开了谜："你爸爸中了头彩了，花两块钱买了一张体育彩票就挣了一台大彩电，你说运气是不是太好了？"

杨冬儿将信将疑："竟有这样的事？"

父亲点了点头，她发现父亲好像并不高兴。

六七分钟后，大彩电被剥去包装，放妥在矮柜上，送货人连茶也没喝一口就告辞了。杨冬儿看着父亲，他神情苦闷道："碰到鬼了，让我中这么大的奖，你想想，凭什么天上掉下个大彩电给我？世事从来就是这样，祸兮福所倚，福兮祸所伏。刚才回来这一路上我在想，恐怕有什么不好的事会发生，这是谁都不能预料的事。"

杨冬儿听着父亲语调沉重的话，脸色变得惨白："你这样担心，不如不要把电视拿回来。"

杨叉苦笑道："你以为不要就会没有事了？不是这样的。"

杨冬儿道："爸爸，我出去一下。"

杨叉道："你怎么了，慌里慌张的？"

　　杨冬儿不说话，离开房间，噔噔噔下楼去了。

　　一会儿，杨冬儿来到了码头上，渡船还没靠上来，因为是上下班时间，人群集聚成蚁，杨冬儿站在一旁。码头因为年久失修，已破旧不堪，因为是城中客流量很大的重要渡口，所以虽然在实施整修，并未关闭停航。

　　除了节假日，杨冬儿每天要在江上往返两次。她工作的医院在对岸，她此刻正要往对岸去，父亲的那番话更加重了她的不安。最近一段日子以来，不好的预感始终包围着她，刚才突然断掉的电话使她产生了悲惨的联想，原本就杌陧不宁的她一下子变成了惊弓之鸟，她确信电话是少华打来的，这种欲说还休的举动与他目前的心境完全吻合。今天虽然是休息天，但她必须去探明究竟，否则当漫长的夜晚来临，也会辗转难眠。终于，摆渡的气垫船靠上了码头，人群浓缩得更紧了，杨冬儿刚移动了几步，便被挟裹进脑袋和肢体汇成的旋涡，像一只无桨的小舟随波逐流，几乎透不过气来。

　　幸好，她没有被挤向一边，赶上了这班轮渡。她来到船头，向彼岸望去。

　　由于出神的缘故，她忽略了身后的两声呼唤，直到那人挤过来，拍了拍她的肩膀，她才回到现实中来。

　　看着面前的短发女子，她有点讶异："匡小朵呀，几年不见，有点认不出你了。"

匡小朵笑了："不错，总算没把老同学忘了。"

杨冬儿道："听说你去了南方？"

匡小朵道："是的，去了一段时间。"

杨冬儿道："你越来越漂亮了，快认不出来你了。"

匡小朵道："老了，还是你保养得好，连化妆品都不用，皮肤还是这么好。我现在可不敢卸妆，都说女人易老，我现在才相信。"

杨冬儿道："看你说的，才二十多岁的人，说这样老气横秋的话。"

匡小朵道："岁月不饶人呢。"

杨冬儿道："你还去南方么？"

匡小朵道："我在东区买了房，不会再去南方了，况且我姐姐死了，我得留下来照顾妈妈。"

杨冬儿道："你说谁死了？"

匡小朵道："我姐姐小慈。"

杨冬儿道："怎么会呢？我不久前还见到过她。"

匡小朵道："那也至少有半年了吧。"

杨冬儿道："让我想想，是的，好像是有半年了，时间真快，就像前几天一样。"

　　匡小朵道："是啊，转眼半年多了，我一直不敢相信她已经没了。"

　　杨冬儿道："好好的，怎么说死就死了呢？"

　　匡小朵道："车祸，她去影楼取照片，结果在回来的路上出事了。"

　　杨冬儿道："她取的是不是一些明星照？"

　　匡小朵道："她去的是电视台对面的伊人影楼，拍婚纱照片很有名，也拍一些明星照。"

　　杨冬儿道："那就对了。我那次就是在伊人影楼附近遇见她的，我还夸她照片拍得好看呢，没想到那是最后一面。"

　　匡小朵道："如果是那样的话，你可能就是我姐姐生前遇见的最后一个熟人。"

　　杨冬儿嘴角抽搐了一下，脸部的肌肉像塑料变硬了，喃喃自语道："怎么会这样呢？"

　　匡小朵道："我妈妈都哭死了。"

　　杨冬儿道："老年丧女，搁谁谁都受不了。"

　　匡小朵道："想想人真是没意思，有时候真不敢多想。"

　　杨冬儿不作声，眼神又呆滞起来。

　　匡小朵道："换个轻松话题吧，你现在怎么样？"

　　杨冬儿道："还是老样子，在医院当护士。"

匡小朵道："嫁人了吧?"

杨冬儿道："哪儿呀,根本没想过。"

匡小朵道："想还是想过的,怕是要求太高吧?"

杨冬儿道："我哪有什么要求呀,还是要随缘的。"

匡小朵道："随缘是对的。"

杨冬儿道："你自己的事怎么样了?"

匡小朵道："我结婚了,先生是在南方认识的,在一家日资公司里做首席代表。"

杨冬儿道："有孩子了么?"

匡小朵道："对,有一个,还在肚子里。"

杨冬儿道："恭喜你,可惜没能参加你的婚礼。"

匡小朵道："我们是旅行结婚的,没办宴席,要不怎么可能不叫你。"

杨冬儿道："时间真快,一晃从卫校毕业有五六年了,今年结婚的同学特别多,隔段日子就会收到请柬,你倒好,连孩子都快生了。"

匡小朵道："所以说你也该考虑考虑了。你这么漂亮,追你的人一定不少吧?"

杨冬儿道："没有呀。"

匡小朵道："骗人,怎么会没有呢? 我猜出来了,你别还在惦记那个日记本上的男生吧。你看你脸红了，让我猜到了吧。"

杨冬儿道："你别瞎猜，猴年马月的事了，还拿出来取笑人。船快靠岸了，你一个人哪儿去呀？"

匡小朵道："我去妇产科医院复诊。你呢？"

杨冬儿临时撒了个谎："我东西忘在单位了，得去拿。"

两人说着，船已抵达了码头，她们随人流一起上了岸，又并肩走了一段路，妇产科医院在另一个方向，她们就在一个岔路口道别了。

杨冬儿走在一条又宽又长的街道上，又宽又长的街道之后，是一条略窄略短的街道，略窄略短的街道之后，是一条还要窄还要短的街道。这条路没有公共汽车，只能徒步前行，大约走了一刻钟，一堵墙以拒绝的形式出现在面前，从那里开的一扇门进去，就是杨冬儿工作的医院。

在一波三折的路程中，行走的杨冬儿步履的节奏是从容的。分明她是心急火燎赶来的，可不知为什么，临近目的地反而走得慢了。现在，匡小朵的那句话在耳畔回响起来："你别还在惦记那个日记本上的男生吧？"

她听到这句话就脸红了，长长的睫毛心虚地遮住了眼睛。因为匡小朵并没有说错，那个被记在日记本里的人依然珍贵地留在她心里。在放缓的脚步中，她回到了若干年前的校园，她清晰地看见了一个情窦初开的少女，在树林的石凳上，写出一行行独白，纯真而羞涩的情愫正欲说还休地弥漫在她的眸子里。

欲说还休的小说

吕瑞娘听到楼夷这个名字，若有所思，好像在寻找一个进入往事的城门，静默了一会儿，对安波道："这个人是我的初恋情人。"

安波道："你爱过他么?"

吕瑞娘道："是的，曾经爱过他。"

安波道："那么为什么又离开他了呢?"

吕瑞娘道："因为后来我不再爱他了。关于这个故事，我后来把它写进了小说。"

安波道："是不是《湖畔》?"

吕瑞娘道："是的，是那本《湖畔》。"

安波道："一本欲说还休的小说。"

吕瑞娘道："我的第一部小说。"

匡小慈道："我也读过这本书，但就像安波说的那样，吞吞吞吐吐的，故事里好像藏着难言的秘密，和你其他干净利落的作品有点不一样。"

吕瑞娘道："那是因为这个故事是我的亲身经历，而后来写的小说多半是虚构的。在写作《湖畔》的过程中确实有躲闪的地方，当时我还没有完全从中摆脱出来，落笔的时候才患得患失。"

匡小慈道："我还记得扉页上有一句献词——此情可待成追忆。"

吕瑞娘道："那句话是送给我自己的，此刻我还能清晰地看见那个爱穿白色长裙的民族歌舞团女演员羞涩的样子，那时候她爱把头发绞在手指上，用腼腆的外表来掩饰心中的波澜，就像你们在书中看到的那样，我和楼夷是在郊外的湖畔相识的，最后分手也是在那个地方。这就是标题的由来。那会儿我们还很年轻，和很多浪漫的爱情故事一样，我们彼此一见如故，我不想避讳，所谓一见钟情，都是建立在外表的吸引上的。楼夷是个二十岁出头的小伙子，游泳使他拥有一副好身材。作为游泳界后起之秀，他参加了体育局组织的暑期青年联谊。当时市郊有一个青年活动基地，占地规模谈不上特别大，设施在城市里算是比较好的。青年活动中心主楼坐落在湖畔，后来毁于一场火灾，这在书中有过交代，也曾在小说尾声中提及过。据警方调查，起火原因是野餐时的篝火所致，这一点，我认为是有依据的，因为野餐是联谊活动中必备的节目，一堆堆篝火烧起来，不远处就是建筑物，湖畔还有非常茂密的芦苇，正如书中描绘的那样，若干年后的一阵风把湖畔的一切都带走了。当然，那个爱情故事在此之前早已结束，我是从新闻中知道青年活动基地毁于火灾的消息的。

"楼夷是我的救命恩人，这在小说中已有交代。体育局的青年到湖畔的时候，我们文化系统的青年已经来了一天了。当时我刚从舞蹈学院毕业不久，分配在民族歌舞团担任独舞演员。文化局组织活动的时候我也报了名，那时作为全市青年联谊的一个重要据点，湖畔聚集了来自不同行业的青年队伍，说是联谊，其实带有相亲的意思。男女青年私下交往并不多，特别像我这样平时就比较腼腆的女孩子，就更不会东串门西串门了。

"当时的湖水还没有什么污染，波光粼粼，清澈见底，在闷热的夏天，湖水的诱惑特别大。我们几个女孩商议好，等月亮出来时去游泳，离活动基地远一点，借着夜色和芦苇的掩护，游游泳、嬉嬉水。

"有这种想法的大有人在，我们到达目的地的时候，借着星星，可以看见湖面上已有不少脑袋，还有白条条的身体，从声音可以分辨出，是快乐的小伙子。我们几个姑娘只好往更远的地方进发，走了大概一刻钟，确定不会再有人打扰了，才下了湖。

"后来的事你们是知道的，我溺水了，楼夷救了我，因为他和一个小伙子比赛长泳，听到呼救声就朝出事的方向游过来了。但在写作的过程中我修改了一些细节，小说中我写道，我因为学潜水深入湖底被水草缠住了脚腕，越挣脱越往下沉，几大口水落肚人就渐渐昏迷了，醒来的时候已被救上了岸。真实情况是，救我的是两个人，除了楼夷还有一个小伙子，但小说中后者被删除了。另外，为我做人工呼吸的也是那个小伙子，我也在故事中把他改成了楼夷。这些改动除了是为了在叙述上更加简洁以外，也说明楼夷在我心目中曾经是很重要的。

"在现实生活中，最终我和楼夷并没有一个美满的结局，在小说中并没有清晰地说明分手的缘由，所以从线索上讲，的确有交代得不太清楚的地方，容易给人语焉不详的感觉。故事的真相并不是出现了一位新的男主角，更不是因为他一出场就使舞蹈演员心猿意马，而是另有隐情。

"这段隐情是故事走向的关键，在考虑再三之后，我依然把它舍弃掉了。楼夷作为一个恋人来说，并没有什么亏待我的地方，虽然他的行为是任何女人都不能承受的，但那只是他个人的事，更何况我与他已恩断义绝，作为陌路人，我不愿再去诋毁他，所以在情节的过渡中，我情愿把自己塑造成一个见异思迁的女人，把那个年轻的官员描绘成一个风度翩翩闯入我心扉的不速之客。

"当然，眼下你们需要了解真相，我已不再有任何疑虑，我可以亮出当年离开楼夷的谜底，因为有一天我目睹他和一个男人在一起……"

说到这里，吕瑞娘暂停下来，似乎要找一个准确而合乎规范的词来表达后面的意思。一切尽在不言中，她发现安波和匡小慈面面相觑，已经猜出了答案。

安波表情忧伤，五官凝结成一团："不要再说下去了，我们母女最终离开他是同一个原因。"

匡小慈道："这个人真是变态，有了你们这样漂亮的女人，还会……"

安波道："没想到他的这种畸恋那么早就有了，真是恶心。"

吕瑞娘道："后来我研读了一本关于同性恋的书，书上说，同性恋是动物的一种天性，并不罕见，甚至可以说人人都先天具有，只是没有特殊的诱因和环境，不会被激发出来。楼夷后来给我写过一封信，他辩解道，他之所以保留了这个规范之外的嗜好，是由于他认为男性的身体与女性的身体具有相同的美感，这种美感超越了性别的差异，使他的欲念产生了偏差。他还说了一个理由，他说他之所以对男性有兴趣，很大一部分原因是因为在游泳队这个环境里时刻都是赤裸相向的男性。久而久之，他便产生了异样的感觉，感到与丰盈饱满的女性相比，匀称结实的男性更有性的魅力。他一步步放纵他的欲望，成为一个不能自拔的双性恋者。

"我并未给他回信，他的这番狡辩根本不值一驳。作为一个舞蹈演员，民族歌舞团里有许多漂亮女同事，更衣沐浴时都能看见彼此美丽的身体，按照他的逻辑岂不个个成了女同性恋。

"楼夷的畸恋是导致我们分手的直接原因，虽然那个年轻的官员一直是他潜在的对手，首先打败他的却是他自己。至今我仍可以这样说，如果不是因为无法接受他的性取向，他情敌成功的概率几乎等于零，如果是那样的话，故事的一切就改写了。

"最终我嫁给了那个年轻的官员，也就是你的父亲，安文理。

"虽然这样，但我并不认为对你父亲就没有感情，毕竟我们是自由恋爱，我是心甘情愿成为他妻子的。虽然在与楼夷的竞争中，他一直处于劣势，但也让我有机会细致地了解了这个人的品行，他有着非常强的自制力，自始至终显示出良好的修养，他的这种性情成为他日后平步青云的基础。楼夷是一个魅力十足的男人，适合恋爱，而安文理成熟的个性更为难得，只不过前者显而易见，可以立刻迷惑你，后者却深藏不露，需要时间去慢慢体会。你父亲从普通工人的儿子一步步走到市长这个台阶，就可以看出他内心有多么巨大的力量。"

"楼夷后来就再也不来纠缠你了么？"匡小慈问道。

"是的，他还有什么资格来纠缠我呢？不过在我与安文理结婚前夕，我接到过他一个电话，在挂断前他快哭了，整个通话过程中我始终缄默不语。他最后说：'你是我在这个世界上最爱的女人。'听完这句话我立刻放下了话筒，他没有再打进来。从此以后我再也没见到过他。"

"后来他也跟我说过同样的话，"安波凄冷地一笑，"就因为这句话我嫁给了他，我知道这个承诺是归属你的，可笑的是，我还以为是替死去的母亲偿还了情感，真是年幼无知。虽然此刻我明白了真相，我知道他对你仍怀有感情，那么多年来，他或许真的在思念你，坚守着不复存在的爱情。另一方面，他依然是同性恋者，不，双性恋者，等我后来知道他一边和男人卿卿我我，一边又来和我做那种事，就恶心得几乎要发疯，我一遍又一遍擦洗自己的身体，几乎把皮肤都洗破了，还是觉得没洗干净。这种不洁感直到我跟他分手很久之后，还延续了很久。有一段时间，我几乎对所有的男人都丧失了好感，幸好我终于意识到这是一种病态，慢慢调整自己，把自己从类似幽闭症的状态中摆脱出来，回到正常的生活中来。"

使一个人消失的方法

千真万确，楼夷杀死了霍伴。这是楼夷做梦也没有料到的事实，他被自己所做的一切惊呆了，他被横躺在床上的尸体惊呆了，他居然亲手掐死了一个人。就在刚才，这个人还跟自己说着话，此刻却声息皆无，头颈上暗红瘀血的指痕还没消退，两颗恐惧的眼珠瞪得浑圆，要从眼眶里鼓出来似的。楼夷惊骇得倒抽一口冷气，突然发现不能约束自己了，先是两只手臂开始打战，然后是下肢，然后是整个身躯，如同皮肤下面布满了微小的发动机，密密麻麻全部启动起来，完全把他控制住了。

"这是一个意外，"心里有个声音在替他洗刷，"这只是一个意外。"

是的，楼夷本意并不想杀死眼前的这个年轻人，不过是想教训他一下。因为他冒犯了自己。不，甚至可以说在要挟自己。那一瞬间，楼夷确实被激怒了。他的脸涨得通红，阴沉地盯住眼前这个年轻人，同样阴沉的声调来自咬肌里，每个字似乎是咬肌把牙齿咬碎后吐出来的："你，把，刚，才，的，话，再，说，一，遍。"

他的语气中明显有威胁的成分，试图用气势迫使对方服软，可霍伴没有屈服，他重复了一遍自己的要求："你得给我一笔钱，不然我就公开我们的关系。"

"在我印象中，你这是第一次用这种口气跟我说话。"楼夷道。

"我已经被自己逼上绝路，回不了头了，你最后再帮我一次。"霍伴道。

"你扳扳手指算一算，已从我这儿拿走了多少钱。我没能力填你这个无底洞，只能答应你一个要求，如果戒毒，治疗费用我来支付，如果继续抽，我不会再拿出哪怕一枚硬币。"楼夷道。

"你让我再去戒毒所？我已经戒过两次了，没用的，毒瘾
不是生理依赖，是心理依赖，戒毒戒不了的，我心里明白。"
霍伴道。

楼夷看着霍伴，他憔悴的面容如同大病初愈。他有些难
过，两年前刚把霍伴从区少体队调来时，他还是一个朝气蓬
勃的从体院毕业不久的翩翩少年，第一眼楼夷就喜欢上了他。
那一刻的喜欢，更多的只是常人对美好事物的欣赏，潜意识
中，是否已有了非分之想，或许也是有的，是稍纵即逝的闪
念。楼夷很小心，他的私生活准则是，兔子不吃窝边草，广
袤的草原无边无际，何必在自家门口觅食，那等于给自己挖
坑，不知哪一天就掉进自己预设的陷阱里，这样的事例他看
多了，不会允许自己犯这样的低级错误。

看得出来，对体育局推荐来的这个助理他还是比较满意
的，所以就接收了霍伴。虽然他是一个清醒的人，是一个对
自己同时也对别人都设防的人，是一个不允许犯低级错误的
人，可他高估了自己。他不知道和这个年轻人后来会成为同
性伴侣，更不知道有一天会亲手把他掐死在自己的寓所里。

有一段日子，楼夷常在夜深人静时分去城西的一家地下
酒吧。酒吧位于一个弄堂犄角，并不是真的设在地下室，只
不过是不对外营业的，从外部看，只是平常的住家模样，零

点过后就成了同性恋聚集地，一个隐秘的男人俱乐部。光顾这个场合的人都是由熟客引见的，尽管如此，发展依然很快，陌生面孔越来越多，后来的某一天，受到了警方冲击，立刻被取缔了。据说那天晚上被带走的人有三十人之多，侥幸的是，楼夷正率队在外比赛，所以躲过了此劫。

不过即便楼夷没外出，也未必会在那个晚上光顾，事实上，自从与霍伴在酒吧不期而遇之后，他已有一段日子没去那个男人俱乐部了。

他清楚地记得当时与霍伴四目相对的情景，他瞪大眼睛，发现矩形吧台旁的一个人正冲着自己微笑，那一瞬间，他魂飞魄散，不是别人，正是刚调来不久的助理。

楼夷已无法装作没看见他，也不能装作没认出他，用了零点一秒他就恢复了镇定。他走到矩形吧台旁，开场白是一杯啤酒，他们开始谨慎地攀谈，此次交流使他们确定了某种默契，使彼此的关系超越了同事间的交往。那次谈话给楼夷留下深刻印象，令他对霍伴的口才刮目相看。

是从酒吧本身切入正题的。在此之前，他们互致了尴尬的问候，坐下后，好长一段时间是沉默的，楼夷在喝下一大口啤酒后开口道："你常来这个酒吧？"

"不，我这是第三次来。"霍伴道。

"这个地方时间不会长了。"楼夷道。

"是的，人太杂了，我以后不会再来了。"霍伴道。

"你害怕了?"楼夷又喝了一大口啤酒。

"为什么?"霍伴显得很奇怪，"为什么要害怕?"

"我是说它不合法。"楼夷道。

"你说的是酒吧还是酒吧里的人?"霍伴道。

"兼而有之吧。"楼夷道。

"你怎么看这件事?"霍伴道。

"你是说……"楼夷道。

"是的，我认为是一种跨越性别的爱情。"霍伴道。

"我没你那样有诗意，我需要的只是身体的美，并占有它。"楼夷道。

"你对女人也有欲望么?"霍伴道。

"是的，可并不妨碍……"楼夷道。

"你这种状况并不常见，这说明你拥有丰富的情感，副作用是，自我矛盾和自我压力也会加大。"霍伴道。

"你说的自我矛盾和压力是指……"楼夷道。

"也许我的提问有问题，我想说的是，人类在这件事上的自我怀疑为什么会那么大。如果单以欲望的满足来说，标准也是多重的，比如口腹之欲就没有任何秘密可言，在性质上，它与床笫之欢几乎没有区别，而饭店是合法的，妓院就完全非法。"霍伴道。

"你认为这是人们认识上的惯性在作怪?"楼夷道。

"那是次要的，问题的关键是你了解了多少，在目前的情况下要被理解是困难的，但至少……比方说植物有没有性的欲望? 人们对此肯定是不屑一顾的，因为那是造物主的问题，与他们没有关系，只要是与广泛人群缺乏联系的存在，都注定被忽略和漠视。事实上，人的许多本能潜伏在原始之中，我丝毫不为自己是一个同性恋者而羞愧，只为人类对自身了解的贫乏而羞愧。"霍伴用打火机点燃了一支烟。

楼夷没想到平时沉默少语的霍伴有一副伶牙俐齿，他重新审视了一下他的助理，把杯中剩下的啤酒一饮而尽:"今天就到这儿吧，我先走了，别玩得太晚。"

他一边说一边准备离开，霍伴轻声道:"等我吸完这一口，一起走吧。"

楼夷站在那儿，他听懂了霍伴言语里的暗示，他有点僵硬地侧过脸，看见霍伴掐灭了烟头，把深邃的目光镶嵌在他的眼睛里。

与楼夷不同的是，霍伴是一个纯粹的同性恋者，也就是说，他对异性在本能上是排斥的，除了楼夷，他还有·个时间更久的伙伴。这个人楼夷从没见过，只看到过霍伴与他的合影，照片放在相框内，搁在霍伴的单身宿舍的写字台上，是一个帅气的年轻人。霍伴对他的这个伙伴不愿多做介绍，只告诉楼夷是一名医生，他们的关系已保持了五年。从照片上看，是很默契合拍的一对。

不过，这种类似三角恋的格局并未使楼夷和霍伴的关系出现危机，他们只是身体伴侣，背叛这个词对他们来说，有点苍白，也有点自作多情。楼夷不会因为自己是霍伴的第二情人而不堪忍受，正如霍伴不会干涉楼夷除他之外的私生活一样。在这个层面上，他们完全是独立的，需要指出的是，此时的楼夷正准备和安波结婚，当然这对霍伴而言也不是秘密。甚至于在事情败露以前，他与安波还称得上是点头之交的朋友。

真正使楼夷与霍伴出现裂痕是在后者染上毒瘾之后，对于这件事的发生，楼夷一直被蒙在鼓里，直到后来霍伴不断向他借钱，才感到有点不大对劲。知道霍伴吸毒他大吃一惊，为使其摆脱毒瘾，楼夷先后两次把霍伴送进戒毒所，并承担了治疗所需费用的很大一部分。应该说，楼夷将此事处理得十分干净，他一直瞒着单位，霍伴进戒毒所的日子被他篡改成探亲假。这个迫不得已杜撰的谎言，源于一个前提，霍伴的生母远在数千里外的一个小城市，他的离队被说成照顾病重的母亲。如果不用这个理由，三个月疗程所需的时光又如何填充呢？令楼夷失望的是，霍伴的两次戒毒都没成功，相反，他比过去抽得更多了。随着毒瘾的加重，他渐渐丧失了理智，终于，楼夷最害怕听到的话从他嘴里吐了出来："你得给我一笔钱，不然我就公开我们的关系。"

看着霍伴憔悴得如同大病初愈的面容，楼夷知道这个年轻人没有希望了，他再也帮不了他了，他努力压住被冒犯后心头涌起的怒火，走到窗边，眺望着户外灰蒙蒙的夜色。

霍伴移步来到背后，手搭在楼夷背上，楼夷刚反应过来，喉部已被控制住了，折叠的手臂卡住了它，紧接着一个小小的硬点落在脖子一侧的皮肤上，霍伴道："这是一支浓度很高的药，打一针，你就知道我为什么离不开它了。"

搏斗就是从这时开始的，楼夷摆脱了那支针的袭击，反手一拳打在霍伴的背脊上，他们的身体厮打在一起。霍伴虽然年轻，但被毒品掏空了体能，拳头打在楼夷身上，比六七岁的男孩重不了多少。

楼夷一脚踢在霍伴膝盖上，顺势骑在他身上，双手死死卡住他的颈部。他眼睛几乎喷出火来。霍伴居然暗算自己，愤怒像温度计里的水银，瞬间几乎爆表，等他放松掌心里的力量，才发现霍伴瞪大的眼睛不会自行闭拢了。

楼夷用手指一探霍伴的鼻息，立刻抽回了手，恐惧令他产生一种类似垂直下坠的失重感，如果不是控制括约肌，说不定就大小便失禁了。他注意力集中在括约肌，放弃了对身体其他部位肌肉的约束，他开始发抖，无法遏制地发抖，他杀死了一个人，这肯定不是真的，他咬了咬舌头，居然是疼的，不是噩梦，他真的杀死了一个人。

时间过去了一万年，或许比一万年更久一些。楼夷从极度紧张中冷静下来，眼前是恐怖的战场，死亡一厘米接着一厘米，从房间的这个角落移到那个角落，充满诡异的气息。他得彻底地不留任何痕迹地清理这个危险的场面。在短促的休整之后，他行动起来，把霍伴的衣服脱光，放进浴缸，用刀剁下他的脑袋，用衣裤包起来。他在浴缸里放入洗洁精、沐浴露、洗发水等乱七八糟的洗涤用品，在莲蓬头水柱的作用下，雪白的泡沫高出了浴缸，堆得如同冰川。在楼夷眼中，它比冰川更阴冷。楼夷关上水龙头，泡沫堆开始了细小的破裂，他将浴缸冲刷干净，看着剩水和血沫完全排泄进下水道，这时候的每一分钟，都是一万年。

用来包裹霍伴脑袋的布被血洇红了，楼夷找来一只厚塑料袋套在最外面，用绳子扎紧袋口，趁着月色，在河边的芦苇丛里挖了个坑将它深埋。

无头尸被装进墨绿色吉普车的后备厢，驱车二十多公里，开到了海边，尸身被无边的潮水卷入了大海深处。楼夷觉得自己快虚脱了，歪斜的脚步带着他朝天上飞，他不知道一切是如何结束的，正如他不知道是如何开始的。他重新回到吉普车的驾驶座，看见无数乌鸦一样的霉斑聚集在地平线上，他的目光一片漆黑。

市长无法说服自己的女儿

安波倚在门口，看着神情暗淡的父亲："爸爸，你可以开始你的劝说了。"

安文理鼻子一酸，巨大的宿命感像一阵旋风，将他席卷在忧伤中央。楼夷的出现无疑是命运时钟的一次倒拨，历史真是惊人地相似，若干年后，因为同样的原因，他和楼夷再次成为情感的对手，只是这一次，争夺的对象由恋人变成了女儿，他能再赢一次么？看着女儿倚在门框上无辜的模样，莫名的担忧在他胸中激荡起来，心扉被烦恼撞击着，使他不知道同安波的谈话如何开场。

时间伴着雨声一滴一滴落在夜色里，父女俩的沉默像一

块疼痛的石头压着彼此。安波走到桌边坐下，把凝结的蜡泪
从生日蛋糕上揭开，一小块一小块掰碎，眼泪哗地流满了脸
腮，她被自己的失控吓了一跳，重新站了起来，把眼泪拭干，
准备到屋外去。

"你别走。"父亲终于说话了。

"我决定了。"安波倚门回眸。

"真丢脸，"安文理说，"没想到我女儿要嫁给一个年龄可
以做她父亲的男人。"

"我的爱情给市长抹黑了。"安波幽幽道。

"你的爱情？你和那个老家伙也配称爱情？"安文理乜斜
了一眼安波。

"如果你认为不是爱情也没关系，至少是一种缘分，像是
上天安排好的，我成了他一直在等着的那个人。"安波道。

"不管他曾说过什么，你都不要去相信，更不应该怀疑你
的父亲。"安文理道。

"你曾经是他的情敌。"安波道。

"那个工八蛋都对你说了什么。"安文理咆哮起米。

"他说他曾与一个叫吕瑞娘的舞蹈演员真心相爱，另外一
个男人也爱着她。这对情敌知道对方却从没见过面。若干年
后，当他们功成名就，才在电视上认识了对方，可那个舞蹈

演员已经从这个城市消失了。"安波道。

"吕瑞娘爱的是我，她是我妻子，也是你的母亲。"安文理的声调在发抖。

"那是因为你耍了个花招，使妈妈离开了真正所爱的人。"安波道。

"你说什么?"安文理道。

"你收买了一个出家人，让他打了诳语，你让那个和尚对笃信佛教的妈妈说，在婚姻的选择中，只有你才是她最好的伴侣，她相信了，就成了你的妻子。"安波道。

"见鬼，你从哪里听来的这些鬼话。"安文理拍案而起。

"爸爸，我并不想惹你生气，可你应该有勇气承认自己做过的事。"安波道。

"我不否认，是有这么一个和尚，他是星中寺的住持，大混乱时期被庙中赶出来，后来成了我们家邻居，还俗后和一个寡妇成了家，生有一对女儿，他们家很穷，特别是两个孩子出世之后，常常有上顿没下顿。我们家日子虽然也不好，但那时我已经在粮食局上班，食物上还可以想一点办法，就开始接济他们，一直到时局稳定下来，星中寺重新恢复了香火，这位俗缘已尽的和尚再次出家，返回了寺庙。因为有这样一层关系，我算是在佛教界有了一位朋友，认识你妈妈之后，知道她是虔诚的佛教徒，带她去见过几次老和尚，后来她成了这位住持的俗家弟子。"安文理道。

"所以你就利用跟老和尚的交情来操纵妈妈对婚姻的选择。"安波道。

"我很难过，爸爸在你心目中是这种形象。事实上，情况与你知道的完全不同，有一次我去拜访住持，闲谈中他问起了我的终身大事，我说我和吕瑞娘是很好的朋友，但目前还不到谈婚论嫁的程度，住持说在这件事上应该随缘，绝对不可以勉强。"安文理道。

"也许住持当面是这样对你说，背后还是帮助了你。"安波道。

"你是说住持对吕瑞娘说让她嫁给我？你还没有告诉我你是怎么知道这样一位和尚的。你在调查我？"安文理惊讶地看着女儿。

"你不必那么紧张，我只是偶然知道了这件事，那个住持和尚是我的好朋友匡小慈的亲生父亲。几天前我和匡小慈，还有她的妹妹匡小朵去星中寺看她们的父亲。老和尚听说我是你女儿，忽然眼眶湿了，他说我长得非常像年轻时的妈妈，还说当年你们的姻缘就是他做的媒，对这件事老和尚一直很内疚，认为是一个不能宽恕的错误。他悔不当初因为跟你的私交而去暗示吕瑞娘，看上去那是报恩，其实是害了你，你和妈妈离婚后，有一段时间他甚至夜不能寐，沉浸在深深的自责之中。"安波道。

"我现在明白了，为什么她会突然答应嫁给我。"安文理好像想起了什么，他看着安波，喃喃自语道，"所以你把自己当成一笔债务，你要嫁给他是因为……"

"也许您说得没错，更重要的是他的痴情，这么多年来，他一直住在湖畔的那栋房子里，那房子是他为了纪念与妈妈邂逅造的，他们就是在那儿认识的。直到今天，他房间里还挂着妈妈的尺寸很大的肖像，这真的让我感动。我没有把自己当作妈妈的替代品，如果那样，能给他的只能是同情而不是爱。"

安波看见两行眼泪从父亲眼角流了下来，她心里一酸："爸爸，您怎么了？"

安文理把手摆了摆。

安波道："我不是要故意让您伤心，请您也能尊重我的选择。我现在回电视台去了，晚上我和匡小慈一起住。也许我们都应该冷静下来，爸爸，我并不想让您伤心。"

她是星空和尚的女儿

"那时候我们都还年轻。"吕瑞娘的笑容显现出来,瞬间变得十分沉醉,仿佛归属于时间的缺口,静止的表情具有摄人心魄的美感,把匡小慈看呆了。

"年轻就注定幼稚?我想不是的,可年轻确实让我们付出了代价,虽然我离开了人世,仍然固执地认为,那段爱情并不是年轻本身的错误。"吕瑞娘不动声色地说出上面一段话,叹了口气,再次苦笑了一下。

匡小慈的目光一直未曾离开吕瑞娘,在她看来,吕瑞娘的举手投足是那么优雅高贵,她就像一面原始的镜子,以这种雍容的气质映照了安波。的确,她们如出一辙,几乎就是同一个人,相同的美貌,相同的为情所困,相同的红颜薄命,经过了人世的磨砺,她们像一对孪生姐妹再次相逢。

匡小慈把头转向安波,她发现自己在人间最好的朋友正怀抱双膝坐着,这副姿态她是熟悉的,安波经常会走神,一个人枯坐很久。与父亲决裂、婚姻失败以及女儿的夭折,她承受了接二连三的打击,倔强的性格和牢固的神经使她没有被击垮,但邝亚滴的背叛给她脆弱的心脏致命一击,身体像惊鸟离她而去，将她送到这个陌生的世界中来。

安波呆滞的神态表明她尚未适应，她当然对眼前的一切心存芥蒂，那种被红尘遗弃的切肤之痛，匡小慈也曾同样拥有。短促的一刹那，她身轻如燕地飞起来，她看见戛然而止的汽车底下漫出殷红的血，一下子，人生的历程如同潮汐在思绪中奔腾而过，她被一种从未有过的不可知的力量俘获了。血污沾染了从她手上散落的照片，她难以置信地看着眼前这一幕，那些潮汐般涌过的记忆在瞬间就退去了，只是将她轻盈地托在虚空里。她不知道那些记忆从何而来，它们那么清晰，神秘而不可阻挡，让她明白生命已不复存在，她的手被什么东西笼罩着，变得透明而悠远。奇怪的是，她并未感到丝毫疼痛，她只是一个遭遇了车祸的亡灵。她绝非有备而来，她对生活充满了热爱，她是一个快乐的姑娘，她有美好的前景可供憧憬，仅仅因为一秒钟的撞击，使一切化作过眼烟云。

匡小慈看着那些被洇红的照片，蹲下身子去捡，恰巧有一些风吹过，照片从她的指间脱落了。另外一种情况是，不过是风刚好把照片吹到了她手上而已，事实上，她怎么能真的捡起照片呢？匡小慈站了起来，退到一边。四周已拥满了人，闻讯赶来的交通警用隔离绳把现场封锁住，筛糠般发抖的司机被带走了，匡小慈看着被风吹乱的照片被交通警收罗起来，放入了一个塑料袋。她如何能预知到，这些记录下她动人模样的照片居然成了留在人间的最后影像。就在刚才，她走出伊人影楼的时候，还邂逅了妹妹匡小朵的同学，那个人见人爱的杨冬儿，她现在肯定还走在回家的路上，她怎么会想到才离开不久的街头，同学的姐姐已意外离世，她刚才捧起并赞叹的照片已成了遗像呢。

匡小慈朝前望去，发现自己突然站在杨冬儿的跟前，而杨冬儿对她的存在似乎熟视无睹，像是掌握了某种穿透术，从她身上一撞而过。她惊愕地转过身来，脱口叫出杨冬儿的名字，杨冬儿真的停住了脚步，把头转了过来，并没有人，却发现地上有条很淡的人影。从阳光的投射来看，不是自己的影子，她吓了一跳，又看了一眼，地上只有自己的影子，没有别人的影子，才知道是错觉。

杨冬儿循原路朝前走去，匡小慈不甘心又叫了一声，这一次没有成功，杨冬儿的脚步不再停顿。匡小慈奔了几步，抓住杨冬儿衣裳的后摆，分明感觉自己抓住了，那片衣角却像一缕烟雾从她掌心化开，杨冬儿已走出五六米远，直到此刻，匡小慈才明白她永远都不能与杨冬儿说话了。人间留给她的除了记忆以外，什么也没有了，而且，由于自己不再是当事人，那些回忆又有什么意义呢？更像是属于别人的故事，是一些时明时暗的光阴的碎片……

"你们两个在想什么?"吕瑞娘问道。

安波把头转过来:"没有呀。"

匡小慈道:"没想什么呀,正等您把故事说完呢。"

安波突然想起了什么:"你是先认识楼夷,然后再认识爸爸的,那么是不是从一开始起,爸爸就追求你了,还是有一个循序渐进的过程呢?"

吕瑞娘想了想:"大概是后一种吧。"

匡小慈道:"你们是怎么认识的?"

吕瑞娘道:"认识安文理那年我刚二十一岁,是一个虔诚的佛教徒。那时候社会上讲究移风易俗,没明令禁止,但也不提倡信仰宗教,老百姓有自己的办法,明的不好看,就暗地成立了一些小组,捐一点钱,油印一些经书和大法师的讲义,偷偷散发给善男信女,也算是一种弘扬佛法的途径。可光凭这些还不够,因为佛书需要讲授才能弄懂,后来经人引见,我认识了一个还俗的和尚,常去他家听他说法……"

匡小慈打断了吕瑞娘:"你说的别是星空和尚吧?"

吕瑞娘道:"正是他。你怎么知道的?"

安波在一边插话:"那个星空和尚就是匡小慈的爸爸呀。"

吕瑞娘恍然大悟道:"那你还有一个同胞妹妹了?"

匡小慈点点头："是的。"

吕瑞娘道："我就是在你们家认识安文理的，他住在隔壁不远，和你父亲很谈得来，但他不是佛教徒。那时候他还很年轻，在粮食局当一个小干部，很早就是共产党员了。你知道党员都要求是唯物主义者，不信宗教。他对我是否一见钟情我说不上来，可我对他还是比较有好感的，他给人很踏实的感觉。"

安波道："你的这种好感是什么时候转变成爱的呢?"

吕瑞娘道："其实那时候我身边有一个追求者，就是楼夷，我们走得更近一些，所以对你爸爸的好感只是单纯意义上的好感。至于说我从何时开始爱上他，很难用精确的时间标示出来，总有一个过程吧。"

安波道："你和爸爸的结合似乎有一段小插曲，星空和尚是其中的关键人物?"

吕瑞娘道："你倒是什么都知道，不过……"

安波把身形倾过来，准备仔细聆听，须臾之间，吕瑞娘忽然不见了，一旁的匡小慈也注意到了这一幕。她立刻明白了这是怎么回事，她知道吕瑞娘虽有隐遁能力，可依她的秉性，绝不会突然玩起捉迷藏的小儿科游戏，所以，匡小慈知道吕瑞娘再也不会回来了，她看着茫然的安波道："你跟我来，我知道哪儿可以找到你妈妈。"

"怎么回事?"安波道。

"别问了，迟了就来不及了。"匡小慈道。

"我想知道究竟发生了什么。"安波道。

"待会儿再告诉你，再迟她就被送走了，你就再也见不到她了。"匡小慈话音刚落，安波像被一个具有魔力的斗篷托着一样，飘忽着移到了另一个空间。

窗玻璃上爬满了硬壳虫

"冬儿，你是一个好姑娘，在你面前我没什么羞耻与忌讳，我愿意毫无保留地给你说这个故事，你听我慢慢对你说……"

杨冬儿坐下来，看着少华，他的注意力不在她脸上，他看着窗外，视野很远，眼睛一眨不眨，似乎陷入了如同溪流的回忆。他语调很轻，仿佛并不在与人说话，更像是自言自语。

一只硬壳虫在窗玻璃上出现了，用八根细腿艰难地向上爬，光滑的平面让它倒钩状的爪子使不上劲。它很倔强，这片透明之地并没有食物和巢穴，它的努力注定徒劳无功，这个举动从一个侧面反映了甲虫的世界观是盲目的，然而看似睿智的人类，比甲虫高明多少呢。

　　"我是一个同性恋者，你别吃惊，我知道从这一刻开始，我在你心目中的形象彻底毁了。这没关系，我就是要让你蔑视我，只有这样，我才能少一些负罪感。在你面前，我常有一种挥之不去的羞愧，可是在我精心的掩饰下，你可能觉得那是我的孤僻和清高在作怪吧，而真实的情况是，在你面前我很自卑。

　　"尤其糟糕的是，我不是一个彻底的同性恋者，在这方面我并不纯粹，而是经常处于矛盾之中，对两性关系的心猿意马导致了我对这方面极端挑剔。也就是说，无论是男是女，让我动心都极其困难，所以事实上我在这方面压抑得很深，除了一些逢场作戏的情况。若干年来，我只与一个人保持着长久的关系，那就是你同父异母的哥哥，霍伴。

　　"我这样一说，你肯定明白我为什么跟你哥哥关系那样好了吧？你过去不是常开玩笑说我们的关系好得有点不正常么？你没说错，我们的关系好得不正常。我们瞒过了几乎所有的人，这种说法表明了我们的心虚，我们并不想让别人知道。这不是说我们尚知廉耻，而是我们明白一旦被人识破后将导致的后果，我的神经一直处于高度紧张状态，却要伪装得道貌岸然，只能以不苟言笑的脸来应付别人。

　　"我是看着你长大的，一直把你看成自己的小妹妹，直到有一天你出落成了一个漂亮的大姑娘。说实在的，第一次看见你穿着护士服站在我眼前，我很意外，因为没想到你会成为我的同事。后来听你哥说你是因为我才要求分配到这家医院来的，就更加吃惊了。我知道那么多年来你一直默默地喜欢我，我的压力真的非常大。因为我知道那是不可能的，你想想，一个人怎么可以与一对兄妹同时有那种关系呢？哪怕你们是同父异母的兄妹，对我而言，想一想这种事就会觉得荒唐。"

　　杨冬儿看着少华的背影，在讲述过程中，他一直没回头，留给她的只有一个没有表情的后脑勺。不知从何时开始，玻璃窗上的硬壳虫变成了两只，新来的那只做着与原先那只相同的动作，缓慢而执着地攀登，偶尔滑落一寸，然后往上爬一点。

　　杨冬儿的眼泪在面颊上淌了好几遍，旧的泪水干枯了，新的又流下来。一开始，耳朵里尚能听进东西，后来被嗡嗡声取代了，显而易见，这是神志上的失聪，也可以说是思维上的拒绝，她不想再听进去哪怕一个字了，所以她的耳膜自动把声音清除了。她想站起来离开，但双腿不再听从她的意志，她只能停在那儿，听由甲虫振翅的嗡嗡声在右耳与左耳之间穿来穿去。

"相比于男女之间的恋情，同性之爱更容易持久，这是因为，像我们这样的情况毕竟是少数，客观上约束了它。另一方面，毕竟是一种很深的隐私，当事人双方都是彼此天然的保护者，从这一点上说，比异性之间的关系还要牢靠一些。我和霍伴维系了那么多年可能正是基于这个，后来他吸了毒，我发现他在一个同性恋俱乐部做起了性交易。那个俱乐部我去得很少，因为我不是一个放荡的同性恋者，我只和霍伴保持这种关系。除此之外，我的生活里还有一个女人，那就是我年轻的继母，一个过气的电影明星。"

处于失神状态的杨冬儿被这句话打了一下，问道："你说什么？"

少华道："也许注定我是一个在性上要迷失的人，我跟霍伴的关系是反自然的，跟那个女人的关系是反伦理的。也许我太过迷恋身体之美，因为无论如何，我的两个情人都非常漂亮。漂亮是原罪吗？我第一次见到她，就被迷住了，她眼神特别撩人，也正盯着我看，我不知道她这样一个美人为什么要嫁给年届花甲的父亲。当然我猜到了答案，她无非看中了大笔遗产，我只能这样想。

　　"我和她的眉目传情，我父亲未曾注意到，他沉浸在新婚的甜蜜中。他很可怜，因为妻子是个水性杨花的女人，而他的儿子马上就要背叛他了，没有比这种背叛更伤父子的感情了。我和她上了床，就是在我父亲的卧室里，难以想象这一切都是怎么发生的，但它确实发生了。有了第一次，自然就有第二次、第三次，最后的结果不说你也可以猜出来，乱伦在一个下午被父亲发现了。父亲没有当场戳穿我们，他甚至装作什么都没看到，第二天，他和那个女人双双服毒死去了，他们什么都没穿，临死的时候还抱在一起。父亲只留给我一张字条，上面写着：'你是我儿子，我下不了手，所以只能对自己下手。'从此以后，我对性就再也没有感觉了。父亲抱着那个女人的临终一幕让我永远惊魂不定，我再也干不成那件事了。只要想到性这件事，就会恶心得要死，它不是心理上的拒绝，而是生理上的失去，彻底地失去了。

　　"我和霍伴的关系也随之结束了，我故意和他疏远了。你知道我们从初中开始就是好朋友，后来还发展成同性恋人，分手应该是一种很伤感的事，但我很平静，就像一口井干涸了，再也渗不出一滴水了。

　　"我没想到霍伴会成为一个吸毒成瘾的人，更不能接受为了毒资出卖自己。我也比他好不到哪里去，一个与继母淫乱的人，一个把父亲逼上绝路的人，还有什么比这更加可耻？现在，一切快过去了，我得了那种病，我知道它从何而来，它是注定要来的，否则上苍如何来惩恶扬善？可是我真的怕死，虽然我是有罪之身，但是死亡依然令我害怕，真的，非常害怕。死亡，它要来了，冬儿你看，那儿，它来了。"

杨冬儿打了一个寒噤，朝少华指引的方向看过去，还是那扇窗，不知从何时起，上面爬满了硬壳虫，也许有七十只，或者八十只，也许更多，它们来历不明，惊心动魄，更像是虚幻的图像。

可它们是真实的存在，它们攀爬着，在那块玻璃上，没有一只爬出窗框的范围。杨冬儿觉得冷极了，她抱住了胳膊，她听到少华发颤的声音："你看那些虫子，像什么？是不是很像死人的骷髅？是的，骷髅，它来了。"

"少华，你不要……"杨冬儿警觉过来，她看见少华朝窗子走过去，那些硬壳虫飞了起来，从洞开的窗户飞入室内，盘旋成一个黑色的旋涡体，在她头顶之上，用轰鸣声把她吞没。她抱头鼠窜，甲虫的大军一刻也不离开她，它们既不咬她，也不降落在她身上，只是在她头顶上盘旋。杨冬儿摔倒在地，任由恶魔般的轰鸣声将她身轻如燕地托了起来。她随着那些扑扇的翅膀来到窗前，趴着窗户往下望去，她看见水泥地上的少华，在一团红云中站了起来，朝她张开双臂，微笑着迎接她的到来。

没有人会去回忆，它只是不约而至

此刻，邝亚滴回到家中，整理着居室，暮色被明亮的灯光隔绝在窗外，眼前的情景和他心境一样，紊乱如麻。

邝亚滴收拾着桌椅、床榻以及所有的小玩意儿，凭着记忆让它们一一回到原来的位置，那些如同八音盒般易于破碎的物事被扔弃了。因为着了凉，他昏沉沉的，动作也是迟缓而麻木的，不知道整理了多久，才使房间恢复了原样。他困极了，倒在床上昏昏睡去，睡得像狗一样死，像猫一样慵懒。

不知过了多久，急速的电话铃将他闹醒。蒙蒙眬眬中，他伸手抓住话筒贴近耳朵，是一个中年妇女的声音，她礼貌地询问这个电话号码是否是安波的，在得到肯定的回答之后，提出要让安波本人来听，他只能回答安波不在。对方问安波什么时候回来，他回答道："对不起，我不知道。"然后把话筒搁在叉簧上。

因为这次惊扰，邝亚滴无法再次入眠，他其实很想有一个还魂觉，旅途劳累和心灵打击使他神疲力乏，梦乡是个多么好的港湾，他直瞪瞪地看着天花板，虽然头痛欲裂，还是挣扎着起来了。

上盥洗室冲了一个热水澡，从冰箱里找了些吃的，这时他才感到饥肠辘辘，把三包方便面放在一块煮了，热汤热面下肚，一股热涔涔的细汗在脊背上弥漫开来，将他脑袋里的涨裂驱走了一些。

他从床底拖出一只纸箱，里面装着拟音道具，他把麦克风插在音响插孔内，仿佛看见安波在身边坐了下来，靠在他肩膀上，听他制造出各种她想听的声音。他的手艺是有局限的，不能满足安波所有恶作剧般的要求。譬如，蚂蚁的说话声，或者鱼的求救声。当然，他也有反驳她的说辞："你能听到自己睡觉时的呼吸？"或者"你能用牙齿咬住自己的鼻尖？"

多么无聊可笑的回击，只有相爱者才不觉得是在乱嚼口舌。邝亚滴摆弄着手里的道具，形形色色的逼真之声开始回荡在房间内。

时间一分一秒地过去，邝亚滴沉迷在声音的虚境里，似乎忘记了悲伤，他麻木丁自己的技艺之中，表情和动作都是机械的。电话声再度响起，在邝亚滴耳朵中说话的仍是那个中年妇女，邝亚滴再次说对不起，安波不在。把话筒挂了。

五分钟后，那个中年妇女固执地打进了第三个电话，邝亚滴不耐烦了，刚要扔掉话筒，对方似有提防，在他挂机前道："我是百事出版社的编辑，请你转告安波，她的小说我们准备出版，有些章节想让她做一些小调整，你让她回来后跟我们联系。"

邝亚滴未置可否地哦了一声，他已丧失了转告的资格，他不知道何时才能见到安波，即使见到了安波，她也会把他视作陌路人，不会听他的只语片言。他嘴角露出一个苦笑，像被摧败的植株，耷拉着苦涩。

大海的波涛声徐徐传来，邝亚滴的目光漫漶一片，波涛声来源自麦克风，但何尝不是来自海洋深处？何尝不是来自思绪？没有人会回忆，它只是不约而至。

那部小说叫《重回湖畔》，是以安波的视角改写的《湖畔》。在最后一次散步时，他们还提到过这部小说，大海内部涌出的波涛像花边一样一层层铺在海滩上，贝壳和死去的珊瑚石也被冲到他们的赤足旁。

邝亚滴道："你的书写得怎么样了？你真的准备当一个作家？"

安波摇了摇头："不，我只想把妈妈的那部书补充得完整一些，和楼夷离婚之后就有了这个想法。"

邝亚滴道："准备把自己的经历也写进去？"

安波道："那是不可避免的，只有那样故事才是完整的。我准备把结尾放在女儿夭折的那一刻，也许那是注定的，一场呕心沥血的爱情到头来什么也没留下，"忽然叹息了一声，"如果她活着，早就会叫妈妈了。"

邝亚滴道："我们结婚吧，生一个属于我们的小孩。"

安波道："不会有机会了，生女儿的那个晚上我九死一生，抢救了整整六小时才闯过了鬼门关，医生告诉我，我的身体不允许再次生育了。"

邝亚滴看着远方："那样的话，我们就不要吧。"

安波道："有谁会不要自己的后代呢？"

邝亚滴道："我无所谓，真的，我刚才是怕你伤心才随口说的，你别往心里去。"

安波道："我觉得自己的命运和妈妈是那么相像。"

邝亚滴把目光收了回来："你真的别多想，如果你愿意，我们可以去领养一个小孩。"

安波没说话，把头摇了一摇。

邝亚滴道："我不在意孩子是亲生的还是领养的，我没那么迂腐，只要是自己养大的，就是自己的孩子。这是我自己的事，不用向父母负责，更不用向列祖列宗负责。对我来说，祖先就是一些天地之间的白骨，每个人都是小动物，赤条条来，赤条条去，不要搞得那么神秘。"

安波的喉音响了一下，她似乎只是咽下了一个闪念。邝亚滴洞悉出她有话要说，欲言又止是因为难以把那句话说出口，然而，有所顾虑的话往往是肺腑之言。邝亚滴跟在安波身后，用沉默等待着，他明白此刻什么都不必说，任何语言都会让安波的话题逃之夭夭。

行走在海滩上，涛声是夜色的伴奏，终于，安波问道："难道你从没有犹豫过？"

邝亚滴看着安波，迷惑写在他的脸上："你是指……"

安波道："为什么要和一个离过婚又生育过的女人结婚？难道你从没有犹豫过？"

邝亚滴道："坦白说，我想过这个问题，也犹豫过，甚至痛苦过，但早已过去了。"

安波道："谢谢你的坦诚。说说你是怎么说服自己的。"

邝亚滴道："很简单，我虽然没有过婚姻，但也曾有过女伴，是关系到了那一层的女伴。在相识之前，任何人都有自己的生活，也无法预知今后会遇见谁，我们只能为相识以后的对方负责。"

安波朝前走去，大约五分钟，慢慢转过身来："你以前的女朋友一定很漂亮吧？"

邝亚滴道："想知道我的故事的话，以后慢慢讲给你听。"

安波道："我不想知道。"

邝亚滴道："你好像生气了。对你我并不想隐瞒什么。"

安波道："我早就把我的过去告诉了你，你却一直掩藏着。"

邝亚滴道："你从未问过我，我也不知道你爱不爱听。其实过去的都过去了，明天我要去南方了，你如果愿意听，我回来后讲给你听。"

安波停下脚步，看着邝亚滴："不早了，我们回去吧，明天你还要早起呢。"

他们便坐上那种带牛皮雨篷的老式马车回到居处。安波离异后一直和匡小慈住，大约半年前，搬到了邝亚滴这里。从那时开始，邝亚滴就知道她在写一本书，夜深人静的时候，独自一人躲在一旁写个不停，如今，这本叫《重回湖畔》的书就要出版了，可它的作者在哪里呢？

墓碑前抖落的隐情

安波像被一个具有魔力的斗篷托着，来到了另一个空间，她认识此处，她和匡小慈是最先赶到现场的旁观者。她们面前，一对年轻的男女惨烈地卧在血泊中，他们从医院大楼坠下，鲜血如同浸湿的红绸随风而动。他们已从人间彻底失去了，因为和她们一样，一对外形与肉体相同的亡灵悄然显现出来，他们手足无措地看着地上的身体，对整个局面无能为力。

匡小慈看着发愣的安波："我们走吧，已经迟了。"

安波道："你是说我再也见不到我妈妈了？"

匡小慈点了点头："她去转世投胎了，因为少华来了。"

安波道："那么有一个新的生命在人间诞生了？"

匡小慈道："是的，也有可能会出现其他情况，说不定投胎成一只兔子，或者一只鹿。"

安波道："你在瞎扯。"

匡小慈道："这是有可能的。按道理说，生灵的总量是恒定的，无论人与兽，都是生灵的一种，互相转换是很正常的。"

安波道："我们读书的时候，教科书上说，人类的数量在历史上一直是增长的，你怎么解释呢？"

匡小慈道："这刚好印证了我刚才说的。你想想，现在有那么多物种灭绝了，人类怎么会不增加呢？实际上，现在要转世投胎成一只动物反而是很难的，你妈妈多半还是会转世成人。"

安波道："我们去看看吧。"

匡小慈道："你是说去看看她投胎去了哪里？这是做不到的。"

安波道："那么我再也见不到她了？"

匡小慈道："是的，你再也见不到她了。她已经不再是吕瑞娘，和你再也没有一点儿瓜葛了。少华灵魂出窍的一刹那，她便消失得无影无踪，这不是她能控制的，她已经成了另外一个生命。"

安波道："少华这个名字我是听到过的，妈妈说她就住在他耳朵里，但我不知道就是这个年轻人。其实我是见过他的，他到太平间来看过我，他身边的那个姑娘我就不认识了，你认识么？"

匡小慈道："她叫杨冬儿，是我妹妹匡小朵的同学。说起来，她还是和我在人间说话的最后一个人呢。那天我从伊人影楼出来就碰到了她，我们聊了一会儿，几分钟后我就遇到了车祸。没想到她也这么年轻就来到了我们这里，想起来真是世事无常。"

安波道："天看上去要下雨了。"

匡小慈道："清明时节雨纷纷，路上行人欲断魂，明天就是人间的清明节了。"

安波道："天色给我的感觉的确是灰暗的。"

匡小慈道："这几天人们要忙于扫墓了。"

安波道："说起来，你的墓地还是我帮忙一起选的呢，想想也真是荒诞。"

匡小慈道："我们去看看吧。"

她们又被念头带领着，转移到了郊外的驷山公墓。匡小慈的墓处于半山腰间，占地不大，墓碑是白色石头，上面嵌着逝者的相片，用的是出事那天从伊人影楼取出来的美人照中的一张，相片被烘烤在不易褪色的瓷片上，匡小慈戴着一顶玄色淑女帽，美得让人不忍多看一眼。安波道："下葬那天，你妈妈伤心得昏死过去了，掐了好一会儿人中才醒过来。"

匡小慈道："其实我当时也在场，不过你们看不见我罢了。"

安波道："你也太大意了，怎么就让车子撞了呢？"

匡小慈叹了口气："那天发生的事看上去像一个意外，其实也是有因果的，只是我的家人和朋友们永远不会知道其中的隐情罢了。"

安波道："说说吧，是什么导致了那场车祸。"

匡小慈道："说真的，现在回忆起那一幕，我还是觉得心有不甘，只是那么短的一个迟疑，就被撞倒了。那场车祸本来是可以避免的，如果我没有看见那个人。"

安波道："谁?"

匡小慈道："安波，我们是最好的朋友，但我一直瞒着你一件事，我一直想说却说不出口。当然，现在我们都离开了人间，它更像是一件别人的事了。"

安波道："你说得对，在人间发生的那么多事一下子都与自己无关了，好像有一种比轻还要轻的感觉。"

匡小慈道："那是我妹妹从南方回来以后的事了，当时你正与邝亚滴热恋，就搬到他家去了。我妹妹和她先生在东区买了一套小房子。她先生，也就是我妹夫，喜欢留日本式小胡子，他经常出差，所以我倒常到小朵那儿去住。有一天晚上，小朵去逛街，本来说好一起去的，可我白天电视台有采访任务，太累了，就先休息了。我刚睡下不久，妹夫就回来了，他公司有急事需要他马上回来，所以事先也没有通知小朵。你要知道，如果知道他要回来，我是不会在那儿过夜的，当然小朵也不会独自一人去逛街了。然而事情往往是这样的，只要一个细节出了问题，后果就会非常严重，就是这样，他走过来，将我被子掀开了，我拼命挣扎，还是被他强暴了。

他是我妹夫，小朵十分依恋他。我只能苦果一个人吞，生活一如既往，唯一的变化是我再也不去小朵那儿了，我无法再面对那张床和那张脸。但是那天，我和杨冬儿道别之后，在马路对面看见了一个人，我感觉到那人的样子非常像他，因为距离远，他又走得很快，我就迟疑了一下。他突然回过头来，我才发现认错了人，就因为这一个停顿，车祸就在一瞬间发生了。"

安波道："没想到你的生活中竟然有这样一段隐情，你怎么不去告发他呢？"

匡小慈道："我不是没有考虑过，想想他对小朵还算不错，平时也不是个讨厌的人，告了他，受到伤害的人会更多，家丑不可外扬，就打消了那个念头。"

安波道："如果这件事发生在我身上，好像也只能这样做。每个人性格中都有怯懦的一部分，他也许就掌握了这一点。"

匡小慈道："死神给你安排的地方你准备去么？"

安波道："你是说楼夷的耳朵？"

匡小慈道："明天就要被火化了，你的影子就没了。在这之前要做好决定，如果想早日投胎，这是一个很好的契机。楼夷杀了人，肯定会受到最严厉的惩罚，杀人犯，不会活得很久。"

容先生与担架工杨叉

容先生是医院里最先得知噩耗的人之一，他赶到出事现场的时候，纤细的雨丝开始飘荡在晚风之间。坚实的水泥地上，少华和杨冬儿早已鼻息全无，他们的身体奇怪地舒展着，衣服被风吹出一片皱纹。容先生老泪纵横，他最器重的学生就这样走了。作为少华的导师和主治医生，他对少华的病情心知肚明，在研究这种疾病的领域中，他是国内医学界公认的数一数二的权威，他专研此病几十年，能够做到的只有延长患者的生命，却不能让病灶彻底消失。作为这个专业的后起之秀，少华对攻克此症的渺茫同样心知肚明，对一个专家进行任何隐瞒都是愚蠢的，这使得一切变得更加残酷和无情。发生在少华身上的事，等于一个厨师无米充饥，或者，一个裁缝无法御寒。所以少华的绝望是刻骨铭心的，他选择这种方式解脱也是可以理解的，但与他共赴黄泉的杨冬儿又是为什么？难道是殉情，还是别的原因？容先生知道，杨冬儿一直暗恋着少华，这是医院内众人皆知的秘密，大家都听说杨冬儿是因为少华才报考了护校，毕业以后又千方百计地分配到了这家医院。当时的情形在容先生看来就像发生在昨天。

他是医院分管人事的副院长，担架工杨叉第一次把杨冬儿带来的时候，他就对这个可爱的姑娘产生了好感，虽然当时医院里没有用人名额，但他还是答应了留用她。他先安排杨冬儿实习，半年以后，把退休产生的一个名额给了她。正式录用杨冬儿的第二天，杨叉提着一篮水果来到他的办公室表示感谢，他推让道："老同学，你这就见外了吧。"杨叉道："表达一点心意吧。"

东拉西扯了几句，杨叉就告辞了。

杨叉这个人在容先生心目中是个悲剧性的神秘人物。他们是医学院同班同学，毕业后同时分配到这家医院当医生。杨叉年轻时有着俊朗飘逸的外形，医术也十分出众，工作后不久便与医学院的校花霍小曦结了婚，有了一个儿子，可惜不到两年，他们离异了。杨叉的花心是导致婚变的原因，他与医院的护士白毳好上了。离婚后霍小曦离开了伤心地，回郊区娘家去了。杨叉和白毳后来有了一个女儿，就是杨冬儿。杨叉一直没有娶白毳，他又有了新欢，一个在舞会中认识的小学语文老师，他再次坠入了爱河，准备与白毳分手。白毳解决爱情的方式出乎所有人的预料，她当着杨叉的面吞下了剧毒农药，在他忏悔的哭声中死去了。杨叉亲手用担架把白毳抬到了停尸房，从此心甘情愿当上了一名担架工，任凭怎么劝说，也不愿回到医生的岗位上。一晃就过去了二十多年，他成了一个头发斑白的驼背小老头，与普通工友没什么两样，朴素、零乱、孤僻，甚至还有一些猥琐。

此刻，已届黄昏，闻讯赶来的杨叉在细雨中出现了。天空阴郁而苍老，杨叉身后跟着年轻的担架工，那是他的徒弟，他们的到来使聚集起来的人群自动打开了一条通道。

容先生同情地看着杨叉，警方刚通知他儿子遇害，紧接着又失去了女儿，没有比这种连续的失去更大的打击了。容先生走到杨叉跟前，将手轻轻放在他肩上，一言不发地看着老同学，他无法劝慰，任何话语都属多余。他看见杨叉和他徒弟蹲下身，将杨冬儿搬上了担架，朝通往后院的门廊方向走去。

这一段路，只有六七分钟的距离，对杨叉而言，是一段无比漫长的旅程，他饱含着热泪，胸膛中跳动着一颗无限缩小的心脏。祸兮福所倚，福兮祸所伏。他没想到这句话会那么快成为谶言。难道他的意外中奖暗示了惨剧的发生？他为什么要鬼使神差地去购买彩票呢？他从来不参与类似的抽奖，道理很简单，他觉得胜出的概率几乎等于零，他不想白白扔钱。另一方面，即便中了奖也未必是什么好事，几万甚至几十万人参加的赌博让你独占花魁，背后必定有一种神秘的力量驱使着你，那股力量能让你得到好运，同样也会给你带来不祥。有了这样的认识，杨叉与抽奖就无缘了。然而今天，他经过码头时却破了例，他摸出五元钱买了过江票，不远处正好有个现场开奖的体育彩票摊，他就顺势把找回的两元钱给了摊主。结果就中了奖，而且是最大的奖，一台大彩电。他短暂地兴奋了一下，很快顾虑重重起来，他产生了不安，觉得今天自己的手气好得有点诡异，他不知道突然降临的运气背后隐藏着什么。他晃过一个念头，觉得那是一种命运的否极泰来，是对他失去儿子的安慰。虽然儿子是霍小曦领大的，一度怨恨他这个父亲，但随着时间的推移，父子间的芥蒂已有所消除。虽然沉沦于吸毒的儿子让他伤透了心，他还是竭尽所能帮助儿子戒毒。随着两次戒毒的失败，他绝望了，内心放弃了对儿子的挽救，可当警方找到他，说护城河发现一具无头男尸，身高与体征跟他报案失踪的儿子非常接近时，还是抑制不住老泪纵横。

他跟着警察去了停尸房，尸体屁股上的一块梨形胎记验明了正身，他谢绝了警方的建议："不必基因监测了，他是我儿子霍伴。"

雨丝连绵，杨叉和他的徒弟重新回到了病房大楼前，这一次他来把少华抬走。容先生跟着他们，三人朝后院那座灰色小楼走去，像一个个大头少年夹道而立的向日葵垂下了圆形花盘，雨比方才更大了一些。

容先生道："我治不好少华的病，还连累了冬儿。"

杨叉道："也许有些人注定就是要为别人活着的，冬儿很小就开始喜欢少华，中学的时候，她在日记本上写的初恋独白文字就被我翻到过。我还打了她一次，但并不管用，她天生就是属于少华的，她后来的人生规划都是冲着少华去的。按她的天资，或许考不上学分很高的医学院，考一所普通高校是没问题的，她偏偏读了卫校，目的就是接近少华。现在好了，她永远和他在一起了。你知道我想到了什么？我想到了白毳，她女儿走了她的老路，难道这是宿命么？"

容先生道："为研究这种疾病，我耗尽了一生心血，到头来什么都没能解决，连自己的学生都没能治好。本来在退休之前，有一次去瑞典当访问学者的机会，我决定放弃了。当初你放弃医生的职业时，我为你感到可惜，到头来我还不是一事无成，浪得虚名？"

杨叉道："你不必自责，任何医术都是有局限的，你能有今天这样的成就，已经很不容易了。"

容先生道："老同学今后有什么打算？"

杨叉道："我刚才也在想这个问题。你知道么，我中了一台大彩电。"

容先生道："什么大彩电？"

杨叉道："我是说我彩票中了台大彩电。"

容先生看着杨叉，不明白他为什么把话题岔得那么远。

杨叉道："这下好了，老天把我的一切都夺走了，我不欠这个世界任何东西了。"

彩虹主宰着所有人的人生

黑夜带走了安文理所有的黑发，站在墓地尚有点潮湿的台阶上。他的跟前，是吕瑞娘永恒微笑的肖像。他将一束鲜花放在亡妻墓碑前，叹息了一声，目光从丘陵状的土坡望下去，远处是一条正在拐弯的江水，空濛之中，水天间消失了虚线，形成了无边无际的雾的迷茫。

而一弯美丽得令人心碎的彩虹正越来越清晰地呈现出来，安文理看了看腕表，泪水不争气地再次滑下了面颊。昨夜在窗外淅沥的雨声中，他一夜未眠，葛秘书按响楼下门铃的一瞬，才将他从混乱的思绪中暂时剥离。他知道跟女儿最后告别的时刻到了。他来到窗前，将密闭的帷幔打开一些，户外天光已亮，雨也不知在何时停了，他下了楼，坐进轿车幽深的后座里。葛秘书惊讶地打量着他，他疑惑地看了一眼对方，将头转向后视镜，发现自己的头发全白了，变得像雪一样单纯。

他没有去殡仪馆，让司机掉了个头，朝海滨陵园驶去。大约半小时，在目的地下了车，在陵园附属花店买了一束鲜花，嘱咐葛秘书："你去殡仪馆参加仪式吧，别忘了给安波买个好点的骨灰盒。"葛秘书欲言又止地看着他，他把手挥了一挥，"我不去了，今天是清明节，我想陪陪她妈妈。"

说完，他踏上了台阶，手里握着那束鲜花，缓慢地走着，像一个衰微的神父，又像一个艰难的樵夫。他来到了一处月牙状的凹地，向下俯视，依稀中葛秘书仍在那儿，他再次挥了挥手，他看见葛秘书钻进车里，轿车如同鼹鼠跑远了。

安文理在吕瑞娘墓前待了很久，他在等一个人。吕瑞娘去世后，每年清明节这个人都会来，为亡灵做一番祈祷。此刻，已届中午，他仍未来，安文理在等待的间隙举起了腕表，指针告诉他，就在刚过去的时刻，安波，他唯一的女儿，已化作纤细的烟雾，如同被火焰一缕一缕吸尽了躯体，使她升腾在云端，轻盈得再也不能被大地与河川吸附。

泪水再度不争气地滑下面颊，当他将泪眼睁开，远处鲜艳的画面让他吸了一口气，一弯壮丽的彩虹跨越在海平线上，包裹着广阔的海滨陵园，似乎主宰着所有人的人生。

他看见了那个等待中的人，他有点吃惊，向他走来的不再是星空和尚，不再是那个清新高深的高僧，而是一个普普通通的市井老人。

老人的花白头发已蓄成了板寸，袈裟换成了整齐的衬衫长裤。在距离不到两米的地方，他停下脚步，笑吟吟地看着安文理。安文理看到老人后面跟着三个人，其中两位女性分别是他的妻子和女儿，另一位留着日本式小胡子的年轻男子不认识，却大致可以判断出他的身份。

1996 年 7 月 13 日起笔于浦东众鑫大厦办公室

2000 年 10 月 4 日改毕于浦东花木寓中

2016 年 11 月 18 日修订于苏州河畔寓中

附录

我心中真正的祖国，是母语

——首发责任编辑手记

朱燕玲

　　夏商被评论界和媒体称为"后先锋作家"，意即略晚于余华、苏童、格非等先锋派作家后起来的一代。有时，他也被认为是海派叙事的代表作家，但"不同于施蛰存的传统，有异于张爱玲的模式，笔下的故事奇谲而带有精神分析色彩。"（葛红兵）

　　作品之外，夏商言辞直率，有些不驯，比如当年高调退出上海作协、参与韩东朱文发起的"断裂"问卷活动，比如，有时路见不平他会以拳头说话。这些都难以与外界印象中的"上海男人"画上等号。他和文坛的疏离，反而成就了他，写作从而可以成为他纯粹的私好，一种隐秘的幸福追求。他说："严肃文学式微，身边很多朋友渐渐不写了。我始终未辍笔，虽杂事干扰，进展很慢，依然在写。对我来说，写作早已不是功名之事，而是生命状态。尤其近年，对时事和制度失望，更觉得用文字进行表达和反思是多么重要。我心中真正的祖国，是母语。"

"我心中真正的祖国，是母语。"我看到这句话时，心中顿生感动。

夏商出生于当年的上海郊区浦东，没有读完初中便进了工厂，靠"自学成才"，成为作家，放在现在可以打上"草根"的标签。然而他虽和学院派无缘，却比知识分子们更积极讨论公共话题，他说："学习做一个知识分子，是每个作家艺术家的重大课题。"

某种程度上，他和上海的作家若即若离，难以归类，有人甚至说他是"中国先锋文学后崛起的一个异数"。（陈思和）

于我而言，在相当一段时间里，夏商是我进入上海的活地图。那时他是个青年作者，我是个普通编辑。身为一个"南京大萝卜"，如今又兼"岭南蛮夷"，虽然祖籍无锡，上海对我来说却总是隔膜的。情况在我做了夏商的责任编辑后起了变化。我去上海，不再那么心虚了。夏商会帮我订好住宿，不仅考虑到一个小编辑可以报销的限度，还最大限度兼顾到住宿条件的舒适，更考虑到出行的便利，说是便于我去组稿。他简洁地告诉我出门便是地铁，搭上后半小时就可以从浦东到达人民广场，从那里再想去哪里都方便了。那时广州还没有地铁，我便像乡下人一样喜滋滋地感受了上海地铁的便捷。

夏商对美食颇有追求。我有幸享用过他亲自下厨的菜肴，很赞。有了微信之后，他把微信和微博的内容截然分开，在微信上晒厨艺，在微博上谈时事。久居岭南的我馋江南的味道，但在没有网评的年代，我在上海一头扎进的往往是味道可疑的饭馆，次次失望。这时夏商起了如今"大众点评网"的作用。一想到上海，我便会想到和他、和我去了天国的好友王乙宴在一起的时光，有时在小饭馆，有时在新天地，有时在他办公室里，就着冬日午后的阳光，有一搭没一搭地说话，剥奶油小核桃。

这是一个追求生活细节的夏商。这个夏商，与文学的夏商更为接近。他在私密的文学空间里，研究写作的手艺，摆弄一些抽象的问题，甚至以相当极端的方式，虚构尘世中的故事。

2001 年第一期，长篇小说《全景图》在《花城》杂志发表，同年由花城出版社出版单行本，易名为《裸露的亡灵》。两本都是我责编。奇怪的是，我的记忆总定格在《全景图》这个标题上，也许是先入为主。亡灵居住在活人耳朵里这个细节，给我留下太深刻的印象，十六七年过去了，我仍然记得初读时的心动和兴奋——这些优雅无比的亡灵，无声无息，却无处不在，不仅可以在阴阳两界自由飞翔，还栖居于生者幽暗的耳蜗里，洞察人世的一切秘密——多妙！引人无限联想。作者也借此得到了最大的自由，跟随亡灵获得了超越生死、俯瞰人间的全能视角，取名"全景图"或许就是此意吧。

到做单行本《裸露的亡灵》时，我的心思都集中在了它的包装设计上。书是夏商亲自设计的，长期从事平面设计的夏商，对时尚和潮流有自己独到的眼光。和《裸露的亡灵》同时出版的，还有夏商的另一部小说《标本师之恋》（后来推倒重写为《标本师》），它们像是一对姊妹书：薄薄的、素雅的小开本，白色特种纸封面，有一幅线描手绘图。它们与当时粗犷的大开本潮流逆向而动，显得玲珑而别致。十多年来，它们一直立在我的书柜中，每当找书时和它们不期重逢，我还会随手翻翻，雅致舒服，至今毫无陈旧土气之感，很是难得。

当然，夏商的设计，不仅体现其本人的趣味，更重要的是与小说的唯美基调吻合。

白色、美妇、人伦、爱情、死亡，这些关键词构成了《裸露的亡灵》柔美现代的风格。我猜测夏商酷爱白色，他的很多设计都呈白色极简之态，这和自称有洁癖的他相吻合。

他的办公室和家，皆给我留下一尘不染的印象，毫无多余之物，不知怎么做到的，令我这个处女座无地自容。

《裸露的亡灵》是个"阴阳相间，人鬼共存"的故事，同时披着悬疑的外衣，核心却是生死这个形而上的古老话题。对死亡的迷惑，对通向死亡之路的探究，对爱和生的追问，复杂而庞大的构架，以凄美的亡灵贯穿，形成一股氤氲之气，遮蔽了死亡的恐怖阴影，使小说基调明丽。夏商似乎找到了答案：对死亡的恐惧源于孤独。因为"如果所有的人一起死亡，那么死就不可怕了，或者恐惧的程度就削弱很多……假如在一个孤岛上，有一千个人，他们已经生活了许多年，相濡以沫，然后突然有一天说全部要死亡了，一个都不活，我估计他们对死亡的感觉不会太强烈——反正是作为一个群体的彻底的消亡。但如果当中有一个犯了罪，必须处死，其他九百九十九个人还活着，这种感觉就不一样了。"这想法还真新鲜。

他对简约的追求也体现在对小说文本和结构的控制之中，我想，他一定像不能容忍垃圾一样，不能容忍语言的芜杂和小说体态的臃肿。

而简约不是简陋。

夏商是上海人，但《裸露的灵魂》不是一部典型的沪上小说，几乎没有沪语词汇，故事的时间地点也是虚化的。彼时三十刚出头的夏商正执着于一些抽象问题，要在十来万字的篇幅内，容纳错综复杂的人物关系，凸显对死亡、爱情这样宏大议题的终极思考，同时还不能粗枝大叶，要有精致的细节，殊非易事，非拿出快刀斩乱麻的决断不可。夏商做到了，就像他处理食材那样，既考虑营养又考虑口感，还要考虑视觉美感。

虽然夏商自言对这个完成于而立之年的长篇敝帚自珍，又说他采用一些技巧，使其具形式感，为的是藏拙。但现在回过头来看，夏商对自己的创作布局，应是早有些安排。几年前四十多万字的长篇《东岸纪事》的出版，证明他已跨越了早年这种"藏拙"阶段，对用现实主义手法写一部史诗已经成竹在胸，足以在多年搜集资料的基础上，实现为自己的出生地浦东立传，"写一部浦东的清明上河图"的心愿。

历经中国急速蜕变的一二十年，物是人非，对当年谈论的一些观点，夏商已不再坚持，唯一坚持的是坚持写。从当年面对格子稿纸，到如今面对屏幕，他独自耕作，在寂静的幸福中窃喜，忘记了时光。

2017 年 2 月于广州

悲剧的幻灭

阎晶明

正是年头岁尾的时节，心情和街景一样零乱。我和朋友分坐在一壶酒的两边，不知怎么地，竟有心情谈文学。话题怎么转到印象最棒的一篇文章已不重要，重要的是我们同时说出了罗兰·巴特的《脱衣舞的幻灭》。是的，幻灭，不正是我要寻找的一个词吗？用这个词来阐释夏商的《裸露的亡灵》，也许可以称得上恰当。

悲剧永远是文学故事里最抢眼的种类，但我以为，中国许多作家对悲剧的认识仍然十分模糊，许多人对悲剧所蕴含的美感，悲剧里的诗意认识不足，所以常常把悲剧推衍为一个个悲惨的人间故事，生怕惨烈程度不够影响悲剧的力度，岂不知这正是对悲剧本身的否定。五四时期的作家中，鲁迅小说之所以独树一帜，正是在这一点上和大部分同时代作家分出了高下。从"问题小说"演进到鲁迅小说，实际上就是从单纯的悲惨故事的罗列到具有现代小说观念的叙述的跃变。鲁迅把同样的素材，如祥林嫂、孔乙己的悲惨故事，化入极具风格化的艺术语言和现代感的小说结构中。可惜，这个问题在中国文学中直到今天还没有完全解决。正是在这一点上，夏商的《裸露的亡灵》有它特殊的意义。

《裸露的亡灵》有一个故事外壳，这个外壳的悲剧程度可谓强烈。这里随处即可遇到死亡的情景，安波、吕瑞娘、匡小慈、少华、杨冬儿、楼夷、霍伴，所有这些已逝者都在小说中游荡着，他们阴魂不散的存在让整部小说弥漫着强烈的生死味道。每一次死亡的背后都有一串隐秘和心痛的故事，死亡所包含的"小说意味"就烘托出来了。每一个死者又都在作家的调遣下频频对生者进行"访问"，对自己已经抽身而去的世界进行评说和追问，生死的界限因此被打破。这是一个生与死、爱与恨、过去与现在、荒谬与执着、讽刺与悲情相混合的世界。把一个硬性的故事外壳，叙述成一个浑圆的阴阳两界中的人生世界，让悲剧中的悲惨和荒唐成分，幻灭成一个对生和死产生诗意想象的文本。故事框架本身所拥有的硬度，在作家叙述的反复抚摸和撞击下，成为一个阴柔的载体，具有强烈的流动色彩。罗兰·巴特在论及法国的脱衣舞时有过一连串精彩的论述，"女人在脱光衣服的刹那间被剥夺了性感",这是因为,"随着她佯装要把衣服脱光而有一整套遮掩物覆盖在女人的躯体上"。异国情调的装扮、音乐厅里的古典道具、表演者从头到尾的舞蹈动作,这些都是"剥夺性感"的手段。"于是我们看到脱衣舞职业演员都处在令人惊异的轻松气氛中","高傲地躲藏在对本身技巧的自信中,结果,她们的专门技巧给她们披上了衣裳"(罗兰·巴特《脱衣舞的幻灭》,见《符号学原理》,三联书店1988年版)在我看来,《裸露的亡灵》对悲剧的描写,对死亡的表现也同样有着类似情形。每一个死亡故事周围都串接着许许多多的修饰,或者是亮丽的爱情,或者是同性恋的隐私,也或者是暴力、欺骗、疾病的折磨,每一次死亡都在这些"遮掩物"的覆盖下使恐惧消失。应当说,这是一种具有现代感的表现手法,它是对作家的艺术技巧、叙述耐心的考验,也是作家对死亡这个哲学命题的一种艺术阐释。

小说的开始就是死亡的情景,安波,一个青春美女,市长的女儿,孤独地倒在医院的草地上,悬念是不言而喻的。作家没有急于打开这个秘密,而是由此不断展现出一个个的死亡故事。故事的线索从开始就被打乱,死者赴死之后阴魂不散地栖息在一个活人的耳朵里,这种安排为作家任意调动和改变故事场景及故事线索提供了方便。所谓"裸露的亡灵"，不但是生和死的"裸露"，而且也使时空成为一个透明的、立体的存在，可以从任意一个方位与时段窥视。安波的死亡秘密尚未展开，楼夷因霍伴之死被传讯又添神秘。安波的生母吕瑞娘与安波阴魂相聚，揭开了生父安文理情感世界的难言隐痛。安波受死神引导，目睹了自己的前夫、父亲的情敌、母亲的旧日情人楼夷在野地里的秘密，这个已被警方跟踪的行凶者，安波目睹了他赴死前的一幕。安波的好友匡小慈已先安波死去，也许正是她，为安波打开了阴界里的世界秩序，并时时让人与生前的世界产生勾连。还有一个在生死之间徘徊、游荡的人物，这就是优雅、孤傲、忧郁、烦闷的少华，一个身患绝症的病人并没有表现出对生的留恋，倒是在赴死前目睹着死亡在自己身边随时出现。他终于等到了这一时刻，同暗恋自己的护士杨冬儿破窗而去。如果说安波的阴魂在刚刚脱离自己的肉体后时常回探已逝的世界的话，少华的生存，他在生命边缘的那副崩溃的神情，常常让死亡成为一个随时都有可能掉入的巨大黑洞，这个巨大的黑洞是一种恐惧，也是一种诱惑。只有两个人泪眼清流地活在这个世界上，一个是安波的父亲，除了市长头衔却一无所有的安文理；另一个是安波的爱人，一个声音制造者，更是无意间点燃悲剧导火索的邝亚滴。

　　由于作家的设置，死者同生命世界的关系被很微妙地划定出来，他们是这个世界冷静的旁观者，但已无能力也无兴趣参与其中。安波可以看到父亲为了自己的死亡流下凄惨的泪水，也可以看到前夫楼夷在罪恶边缘的挣扎，她同时又可以在阴间与母亲的阴魂相聚，把父母的情爱秘史尽数得到，一个人的生命"裸露"的过程已经包含和死亡相关甚至是死亡本身的内容。由于小说中这种生与死的"对话"反复进行，所以死的恐惧在小说人物身上就显得十分淡漠。但这并不意味着作家纯然在对死亡本身进行赞美，事实上，小说中每个死者的背后，都有一连串沉痛的悲剧或难言的隐私相随，并成为促发他们奔向死亡的重要原因。安波的爱情史已足够纷乱，从她和母亲的旧情人楼夷相恋并成婚起，畸形的人生之路已经起程。匡小慈的死看上去是一起车祸，实际上是一段乱伦故事的最后章节。楼夷是个已经被捕的杀人犯，霍伴是受害者。少华的死表面上是身患绝症的必然结局，他的内心其实更有不可愈合的伤痕。他因为同性恋和楼夷、安波们联系起来，虽然在安波的死亡现场他扮演着陌生看客的角色，却不知自己早已经处在角色中。

　　《裸露的亡灵》在人物关系的设置方面颇费心机，戏剧化的最大特点就体现在毫不相干的人原米都有或显或隐的关联，这样做的结果，一方面使松散的小说结构看上去错中有序地成为一个整体，另一方面也在主题释义上增加了些许宿命的感觉。这部小说因此看上去更具文本实验的味道和抽象哲理的意味。小说最成功的地方也许在于，所有这些主题意味的抽象和文体语言的探索，都基于一个现实感很强的故事外壳，这些故事框架看上去如此简单又仿佛常见，似乎就发生在昨天和身边。这两者在生与死的气氛笼罩下互相交融、互相扩充，让一段"人鬼未了情"的故事伸向了思想与艺术先锋的境界。在这一点上，作家的努力取得了成功。

在《裸露的亡灵》中，有各种各样的死亡。安波是自杀，她在最后一刻的求生欲望只证明了她是艰难赴死；安波的母亲吕瑞娘早在多年前病死；匡小慈是在遭受身心羞辱后车祸身亡；霍伴是被杀；楼夷的死是凶手的必然下场；少华身患绝症，同暗恋他的杨冬儿跳楼自杀，他死前的自述证明，他的身心早已不属于这个世界。一方面，作家把死亡本身看作是生命的一部分和生命的另一种形态；另一方面，每一个死者事实上没有一个人是慷慨赴死，所以《裸露的亡灵》里的死亡既没有阴森恐怖的感觉，也没有诱惑人心的冷艳之美。这种死亡观将读者带入一个复杂凄迷的哲学命题中，这或许正是作家想要达到的效果。他愿意和读者一起思考这个难解之谜。

《裸露的亡灵》里的人物名字刻印着浓郁的南方味道，也有相当的虚幻色彩。小说的语言是书面化的，尽可能体现出独特的诗意。这些特点也使这部与死神频频相会的小说看上去不那么沉重可怕，使它读起来更接近于诗化哲学的意味。这样一部小说之所以没有完全走向缥缈虚幻，得力于作家设置的那一连串故事外壳。安波的情变史、少华的隐秘扭曲的生活，折射着一个特定时代里人心世事的变异，时常让人回到我们身处其中的现实。不过，从现实感向哲学思考飞升的过程中，我觉得作家有意无意地淡化了历史感的必要存在。作品有明显的大幅度向哲学层面跃变的痕迹，对一部十几万字的小说来说，这是无可厚非的选择，但应当说明的是，如果作家能够在历史背景的挖掘上再用一些笔墨，就会使这部小说看上去更加厚重，更具有现实性，更具有哲学思考，生命意识和死亡观念就更加有所归依。小说的文本色彩就不会像现在这样抢眼。作家精心设置的结构方式就更具主题需要而不主要是作家智慧与技巧的表现。

无论如何，我都偏爱像《裸露的亡灵》这样的小长篇，在我看来，当代中国长篇小说创作发展到今天这样的地步，"史诗意识"已经成为众多作家的主观追求。想在一部小说里展现"百年历史"成为一种创作时尚，这让我们读到了不少虎头蛇尾、草草收场、硬撑门面的"百年"故事。艺术上的精心和叙述上的讲究难以坚持到底，小说观念似乎还未真正现代化。选择十多万字的篇幅来写作长篇，一方面作家的笔力容易控制，另一方面也可使作家创作的独特性得到较为准确的发挥。就此而言，夏商的选择务实而聪明。《裸露的亡灵》已经完成了自己的使命，夏商本人也会在继续探索中积蓄自己的力量，并最终创作出融现实性、历史感和哲学意识为一体的更具分量的长篇小说来，他已经表现出了这种冲刺的潜力，他这部读上去虚实兼备的小说，已经让我们看到了作家稳健的步伐。

如何用一本小说来探究死亡

夏商　林舟

林舟：祝贺你的长篇《裸露的亡灵》出版，这部小说最初的创作冲动来自哪里？你在着手写它的时候，对形式是如何考虑的呢？

夏商：我想是来自关于死亡的思考。关于死亡，就跟爱情一样，是一个永恒的文学话题。小说写作的时间很长，断断续续有六年之久。这期间也写了很多中短篇，因为时间有限，当写了前面一部分以后，再写的时候，拾起来，总觉得气跟不上，又没有大块时间。但是发表还是很顺利，两个月就发表了。这是比较用功的一个作品。

至于形式，实际上我一开始没有特别想做成一个什么样的形式，可能到最后，到作品出来的时候，给人的第一印象是个形式感比较突出的作品。我的初衷倒并非这样，而是要刻画一个死亡的主题，当然当中会有许多其他的元素，比如爱情、人性、背叛等，会穿插在里面，但死亡还是第一主题。我是希望通过一个故事来把我对死亡的看法和分析穿插其中，使它能够比较直接地反映这个问题。

林舟：从创作的源泉角度讲，故事是否有什么来源？

夏商：没有。这是一个纯虚构的东西，只是题材比较特别。它是一个阴阳相间、人鬼共存的故事。事实上，人鬼故事的题材在文艺作品中并不少见，生死轮回的场景的确有一定的吸引力。通过这部作品，我发现了对那种非常态小说的兴趣。有一段时间，我把注意力放在现实方面——对那种卑微的小人物命运的表现——特别是我的短篇小说，当然，这仍是我创作要坚持的方向。《裸露的亡灵》与我前面的小说，像《二分之一的傻瓜》《孟加拉虎》《沉默的千言万语》等相比，想象空间明显放大了。

林舟：我一直觉得你的短篇，写小人物的卑微命运的小说，着力于小人物因为卑微低下而被忽略的内心深处的情感世界的开掘。那么，你在写这部长篇的时候，短篇小说里面的这样一些东西是否也进入其中？不管是作为艺术修养的一部分，还是对人性的洞悉发现。

夏商：我好像比较固执，我觉得长篇和短篇是两种类型的东西。长篇就是一场马拉松，给写作者带来的精神和体力上的压力非常大，而短篇就是一次速度跑，十天半个月甚至几天就可以搞出来，两者在思维方式上完全不一样。还有长篇和短篇的形式走向也不一样，我不太愿意在短篇上做一些形式性的努力，而对长篇在形式方面的努力多些。短篇应该把故事写得很扎实，或者反过来说，长篇利用形式不是为故事服务的，有时是为了藏拙——手法上的不成熟，或者你容易露破绽的地方，可以把它掩饰起来。我觉得作家无非是通过两种办法来确定自身的定位，一种是你写一个谁都看不懂的东西，甚至包括你自己，大家都吃不准的时候他就不能说你不好——在一个文学不是太成熟的时期，这是一个比较讨巧的办法。还有一种就是很传统、很扎实的小说，像巴尔扎克或托尔斯泰那种，没什么花花肠子，语言干净简洁，写法扎实，但这样的小说如果有破绽，很快会被看出来。我的短篇路子还是会延续原来扎实的路子，我觉得在八千或一万字左右的篇幅我能够把要表达的东西基本上没破绽地表达出来。但长篇我不敢这么说，我相信很多作家都不能把长篇写得非常圆满，没有破绽，前后的搭配和走势都浑然一体，这非常难。两者的用气是不一样的，一个是一股气，奔跑，结束；一个则是漫长的慢跑，对一个人的考验非常大。所以我觉得长篇对我来说还是有障碍，并不是这个长篇出来以后我松了一口气，内心中我还是有点畏惧长篇的。

　　林舟：像这部小说中，如果从叙事的表层看，死亡是你主要的兴奋点所在。其他，对都市的边缘生活，迷乱的、外在的和内心的，像吸毒、同性恋、多重恋爱、谋杀、报复等，这些东西在近年来的很多作家那里成为一种打造文学时尚的材料，你在写作过程中有没有这样一种担心，或有没有一种预警装置？

　　夏商：没有。从小说表面看，这里面包含许多流行成分，可死亡作为文学题材何尝不是一种流行成分，或者说卖点？但有一点很重要，我所牵扯到的这样一些东西不是一种客观叙述，它是暗写的，或者换言之，我没有具体描述一个人怎么吸毒，或一对同性恋怎么搞，细节没有过多触及，我只不过把它作为故事的一种情境来考虑，是为了故事的走向和复杂性而设置，而不是为了卖点。我如果加强它，可能会写得更细致一些，在阅读上更有快感。现在基本上是作为一个背景，用的是伏笔，表现这么一种人生的片段。这可能对故事有影响，但对小说的整体格调不会有影响。

　　林舟：作为表现死亡的一种方式，小说中亡灵的视角贯穿始终。

　　夏商：从一个女孩的猝死开始，到她成为灵异，几十个小时中穿插的一些回忆片段，贯穿故事的走向。随着女孩躯壳的消失，故事宣告终结。最初想把它设定在更小的时间概念内，即一天零一夜，即小说的最初名字。后来发现容量上有点问题，不过时间上还是很接近的。

林舟： 两天多点儿的时间。

夏商： 对。

林舟： 从小说叙述的角度看，视角的这种选择有助于在有限的时间里浓缩更大时间跨度的内容，也就是叙述的当下时间和它所涉及的时间的处理。另一方面，它除了带来叙述上的东西外，是否更是一种死亡观念的表现？

夏商： 死亡不仅对作家、知识分子而言是一个思考的永恒话题，而且普通人对它的思考也一点都不怠慢。书当中有几个对死亡的观点，或者对死亡探讨的视角，是平时我在同朋友的谈话中获得的，他们都不是吃文艺饭的。他们谈得很有意思。小说中有一段对话，说人如果要轮回的话，总量应该是一样的，而现在人的总量却在增多。这曾是我的一个疑惑，也是小说中一直无法解决的问题。后来一次吃饭的时候，我问一个朋友，他给我解决了，他说你看现在畜生不是减少了吗？非常好玩，很多动物都灭了，变成了人了。这至少成为我小说中的一个理由。虽然我是作为一个玩笑提出的，但他立刻回答了，有可能是闪念，也可能是平时有过思考。

我在小说中还提到那个少数民族的死亡与轮回观念，与中国所谓"人生七十古来稀"是非常贴近的。死亡永远是人类的一个伤痛，从整个人类来看，结局太悲哀了。个体的死亡固然可怕，但最可怕的是整个人类的最终消亡。我们创造的文明会因为人类的消亡而变得没有任何价值，小说、音乐、美术、建筑，再也没有人欣赏，最后地球剩下的可能全部是老鼠。这从哲学上来说可能是最深重的痛苦，我们现在做的所有事情变得毫无意义了。

林舟：终极的无意义。

夏商：对，当然我们不能这么看。因为终极意义固然重要，但过程同样重要。

林舟：我们还是在有限的视界里看问题。

夏商：非常有限。所以我在小说当中刻画的灵异未必没有。我不是一个有神论者，但我觉得可能会有一种状态存在。

林舟：给它保有一块空间，一种可能性。

夏商：人这么聪明，忽然之间就没有了，我觉得有点说不过去。

林舟：这个小说的构成方面，实际上有许多并置的事件，开始撒出去，最后收拢回来。那么这个过程中，更多的是依靠一种小说外部力量还是循着小说叙述本身的规律？

　　夏商：可能两方面都有吧，既有小说本身走向的问题，也有我个人的主观努力吧。这个过程非常痛苦，现在想想有点不堪回首。小说时间跨度很长，细节千头万绪。所以我非常佩服那些塑造众多人物的作家，人物多的故事确实非常难写。

　　我在写作过程中一直把它作为一部现实主义的作品来写，你看到所有的细节都是常态的，没有变异，虽然表面上看起来有点怪异，但它的果实是正常的。因为隔一段时间要把它重新捡起来，在这个重新梳理的过程中可能会有些变化，包括对死亡新的看法。小说最初出来的时候有十五万字，后来一些多余的线索被去掉。

　　林舟：这里面人物众多，而邝亚滴这个人物相对游离一些。

　　夏商：这可能还是一个平衡的问题，小说中的一种平衡。小说没有戏剧性是不可能的，但过于离奇或过于巧合的话，有时候会削弱艺术性。一切过于机巧，工于心机。生活中的故事离奇的很多，但还原成小说的话不一定好。从安波的生活故事来讲，很多事情线索都是有联系的，在巧合上已经很可以了。我是有机会把邝亚滴并入故事线索的，但最后我故意让他游离开来，使故事看起来更接近现实性。

林舟：不要让他过于"故事化"了。

夏商：这个人在小说中篇幅是不小的，而且他本身没发生什么故事，主要就是心路历程，忏悔——一个被爱情抛弃的男子的心路历程。他的动作性非常小，整个就是回忆的东西。同其他人物相比较而言，他占的篇幅并不小，但又是个边缘人物。我想，以这样方式结构的小说，它更能撑起来。否则，如果没有这样一个人物的分离，整个小说就变成一大块东西。现在至少有两个支架，一个粗，一个细，互相支撑，可能更加完整。

林舟：就死亡来讲，你尝试了各种死亡的形态。最震撼人的，我个人感觉还是少华和杨冬儿的死，而且少华在所有人物中是最具思辨性的一个。在写作这个人物的时候，有没有更多的你个人的东西寄托在他身上？

夏商：少华身上是有一些我个人的影子，在对死亡的整个思考中，少华最深刻。他是最恐惧死亡的，同时也是最能够分析死亡的一个人。实际上写这篇东西的最初，我自己的身体也不好，倒不是有什么大的疾病，而是自己感觉不好，咳嗽不止。在那段时间确实对死亡思考得比较多，感触较多。后来身体慢慢好起来，好像一切都成为过去，但对死亡的思考还是在小说中有所体现。也就是说你有时得想象一下，如果濒临死亡了，死亡对一个人来说意味着什么？当然我们没有死过，所以未必能够参得很透。但我当时的确把自己设定在濒临死亡的位置上去思考问题——如果发展下去，我的病情会是一种什么样的情况？实际上我从未问过医生，自己在那里胡思乱想。我相信很多人都会有这样的体验，有的进入得深一些，有的进入得浅一些。我有一个朋友老是担心自己生胃癌，其实没什么事，我看他胃口也很好，但他非常焦虑，老是生活在这样的恐惧当中。

　　林舟：少华对死亡的恐惧和分析都是正常的，恐惧是一种本能的反应，分析则是一种理性的切入，这两股力量在他身上体现得比较自然，能使这个人物的故事更具有深度一些。另外我觉得，从人物整个的故事上讲，安文理的色调似乎与其他人物有些不一样，这个不一样就在于他似乎很少被死亡的阴影笼罩住，尽管他的爱妻、爱女死掉，但他本人却是一个能够独立于死亡之外的人。

　　夏商：我在写这个人物的时候当时有一个闪念，很多人物都是升华的，唯独安文理是个俗人，我觉得他是世俗的象征，他所获得的很多东西是世俗里面比较辉煌的东西——从表面上看——但这样的人失去的往往是世俗生活中更重要的东西，而且他失去的时候往往是没有感觉的，或者等到有感觉的时候已经悔之晚矣。可能我对官的印象一直不太好，他官又做得比较大。

林舟：你给这个小说设定的基调是怎样的呢？

夏商：我这个小说整个的基调，首先是一个冷静的小说，这种题材必须冷静，才能把它做下来。动作性不是很强，整个人物没有大起大落的变化，包括在写死亡的一瞬间时，我也是尽可能控制住笔调，激动和喧哗的感觉都没有，整个小说读下来肯定是比较压抑的。

林舟：你谈到冷静，但我注意到小说中的眼泪比较多，不知你自己有没有注意到？

夏商：这可能跟我一度喜欢杜拉斯的小说有关系，杜拉斯的小说中老是有哭的细节。我曾研究过杜拉斯，她很多小说中都非常容易"哭"，而且很直白——不知是否翻译的问题，"她哭了""他又哭了"……修饰上非常简单。但我不觉得她啰唆，我非常能理解她的那种多愁善感，和她整个的题材相吻合。这个小说写到后来我意识到，好像比较容易哭，好像每个人都哭过，但这种题材不哭也很难，当中很多人都受到死亡的威胁，关键是怎么哭得更艺术化一点，我好像也没有找到更好的办法，在哭上我修辞用得比较少。

林舟：小说中你最喜欢的人物是谁？

夏商：整个小说里面其实我最喜欢的人物是杨叉。

林舟：但在这个人物身上你用笔较少。

夏商：是用笔最少的一个，直到小说即将结束时才出现。

林舟：一开始出现过——担架工？

夏商：对。后来我写到他的时候非常舒服，我觉得这个人是最有戏的一个人，但我把这个"戏"用一段叙述解决掉了。

林舟：另一方面，杨叉是否是对少华的一种平衡？我感觉少华的沉闷抑郁与杨叉的达观脱俗构成了某种对应。

夏商：杨叉身上也有我个人某些观念，或者说少华对死亡的思考是我的一半，杨叉对命运的态度是我的另一半。我喜欢杨叉的一半，不喜欢少华的那一半。我现在仍认为，人生是一笔大账，最后总归要结账的，结账后就会轻松。杨叉就是一个非常达观的人，他最后还去找他前妻，他觉得自己已经不欠这个世界什么东西，即使欠，也已经还掉了。看起来是消极的，其实是积极的，所以写到那一段非常快、非常舒服。

林舟：所以在整个的阅读感觉中，前面的一段是舒缓的，甚至有一种旋涡的感觉；而后面有一种直流而下的感觉。在前后的节奏把握上有什么考虑么？

　　夏商：这个倒是没有什么特殊的考虑，最后可能有点无心恋战，在后面加快一些速度，使阅读更流畅些。

　　林舟：这篇小说整个的基调是比较简约的，明朗的线条，但我注意到有些地方，比如最初写安波的死，这种场景，你还是花了很多笔墨去渲染，尤其是少华和杨冬儿的死，那些甲壳虫的意象，你是把它处理成一个死亡的前兆，还是有什么其他考虑？

　　夏商：这个可能是小说自然发展的规律，小说前面有个老师——容先生把甲壳虫弹出去，那是一个伏笔。当时写的时候没想太多，后来回到这个场面的时候我发现甲壳虫是一个很好的道具，密布的甲壳虫在玻璃上的话，它可能会变成一个骷髅，或者看上去是一个骷髅，会对本来绝望的少华的意识构成一个暗示。我觉得那一段写得还可以，比较绚丽，而且基本上在写作上是虚写。

　　林舟：接下来就是写吕瑞娘赶过去，借尸还魂。

　　夏商：对，这个小说在观念上还是传统的，受中国古代精怪文化的影响较大。我如果受另外的宗教影响，比如基督教，可能不会写这样的轮回方式，会以别的方式描述死亡与生存之间的交替。

林舟：楼夷和安文理后来见面的那一段，我觉得在情节上它的可信度不是太大，你是否觉得?

夏商：那个写得比较早，是小说刚开始时的一段。我可能在写作的时候根本没想到这个问题，或者想到了也顺理成章，安波是一个很有个性的小女孩，不一定告诉她自己是谁的女儿。这种东西在小说中可能不是特别严谨，但大概不会影响小说的走向。

林舟：作品结尾的小标题是"彩虹主宰着所有人的人生"，这种安排方式是出于心情的考虑还是整个的把握?

夏商：这个是故意的，小说幸好完成于最近，也就是世纪末，如果更早一点完成，那结局肯定不是这样。可能我对整个人生还是持向上的态度，如果把结尾也写得特别灰暗，人生可能就更没意义了，所以这个小说的标题和结尾都有刻意的成分，最后还是雨过天晴，整个大地非常光艳照人，彩虹非常漂亮。这可能在阅读上也更舒服一点，不至于一闷到底。

林舟：就与死亡的关系来讲，或对死亡的思考来讲，这里面的几个人物的遭遇都涉及现代都市的道德危机。

夏商：那只不过是个框架而已。

林舟：那么我们现在回过头来看的话，那种道德的危机和情感的危机、人性的危机，它们与死亡之间还是有关系的。这里面死亡是否作为一种现世生活的结束，作为对这样的危机的化解？

夏商：在这部小说里，死亡不是一种结束，人的生存分两部分，阳间一半，阴间一半。

林舟：小说中少华和楼夷，还有霍伴，他们的死其实是非常现世的，我们看不到他们的亡灵。

夏商：但我当时在写的时候是看到的，我不想再写了，否则篇幅就无限大了。或者如果写出来就太"满"了，每一个细节都交代出来，亡灵之间还要发生关系，从叙事的角度来说，太满，而且关系太多，所以我回避掉了。

林舟：那么你是否发现所有死后等着复活的亡灵全部是女性，男性一个都没有？

夏商：这可能是一个无意识。

林舟：我当时想夏商是否对女性更照顾一些。

夏商：你现在说了我才意识到，实际上是一种无意识。

林舟：我还想问的是，现世的结束，现实的各种各样的情感冲突，也就是死亡的各种原因或死亡的各种契机，它们与死亡本身，在你看来，是否可以纳入"结账"的考虑？比如同性恋、情感的背叛、乱伦等是否作为人们恐惧死亡的产物?

　　夏商：我当时就是觉得如何评判一个人对死亡的看法，确实比较有意思，就像我小说中提到的，如果所有的人一起死亡，那么死就不可怕了，或者恐惧的程度就削弱很多。请想象一下，假如在一个孤岛上，有一千个人，他们已经生活了许多年，相濡以沫，然后突然有一天说全部要死亡了，一个都不活，我估计他们对死亡的感觉不会太强烈——反正是作为一个群体的彻底消亡。但如果当中有一个人犯了罪，必须被处死，其他九百九十九个人还活着，这种感觉就不一样了。所以我觉得还是一个孤独的问题，一个人赴死和整个人类的集体消亡。死亡是自己和心理的一个战争，一次承受的问题。

　　林舟：小说在进行的当中，像楼夷这样的人物，对他们的经历描述，实际上你在避免道德化的判断，这个是否是有意识的?

　　夏商：这可能是我个人的人生观的反映。关于社会现象，除了特别明显的犯罪以外，我还是比较宽容的。

　　林舟：你不把它看作一个社会的道德问题?

　　夏商：只要他不伤害别人。我觉得就像吸毒是人类欲望的源泉之一，人类很多东西上瘾了，无法戒掉了——我最近开始写新的长篇《乞儿流浪记》就是表现这个过程，比如食物，戒掉会死；性欲，戒掉会产生很大的问题；还有权力欲，也是没法戒掉的。而吸毒就是一个幻觉的欲望，也会上瘾，我甚至怀疑人在原始的时候是有过幻觉功能的，比如做梦就是遗留下来的一种幻觉方式。

林舟：做梦是遗留下来的一种幻觉方式，这个说法有意思。

夏商：可能人类曾经有过比这更高级的幻觉方式，只不过经过生理的进化、法理的制约，逐步消退了。然后通过某种药，比如大麻，把它唤醒了，所以我从来觉得"吸毒"这个词是不准确的，它应该叫一个"过瘾"之类的词。包括同性恋这样的现象，植物界还有"雌雄同体"等现象，它可能是我们人类还未完全认知的东西。在这个层面上我是非常宽容的，我在小说中没有写出他们的大是大非，有些看似过错的东西我也是一笔带过，我不愿从法理上或社会道德的层面对他们做过多的评述，更不想做卫道士。

林舟：从小说来讲，你把小说限定在艺术就是艺术这个范围之内，我想这可能也是这部小说之所以是纯文学的原因。通俗文学总有一个既定的观念去指导它，像"三言二拍"的惩恶扬善，而且这种主题是大众都接受的，不是超越现实之上的。你讲的这点我非常认可。但小说中涉及少华乱伦的一节，是以追述生平和忏悔的语调来叙述的，但轻轻带过，震撼力不是特别强劲。我觉得这里是有戏的，它跟一个人赴死时的心境是有关系的——有太多的因素让少华去死，他不得不死。病只不过是他生理上的一种原因，他表面上是一个很光彩的人物，实际上处于严重的分裂之中。所以如果这里能对他琢磨更多一点，也许可以表现更多的东西，譬如，人面对死亡为什么会如此恐惧？而如此恐惧的一个人为什么在如此短的时间里能够决定赴死？

夏商：对，一笔带过。可能也是因为当时无心恋战，到最后就收缩掉了。

林舟：还有一点在小说中我感到不太均衡的，有的语言色彩特别明晰，虽然它表现的是一个抑郁的主题，有时候叙述上却有些粗糙。

夏商：嗯，特别是最后的部分。

林舟：《裸露的亡灵》是从什么角度去命名的？

夏商：《花城》杂志首发的时候叫《全景图》，出单行本时改成现在这个名字。"全景"是一个很大的范围，我要表达的是很多人眼中的世界，这些人或这些鬼的眼睛看到的世界。在这些人的眼中，它是一个全景。

林舟：还有小说中与少华构成对比的，是安波死后见到的死神。死神的出现及她与安波的对话，表现了对死亡的超然。坦然接受，把它看成一个自然的美好的事情。

夏商：里面好像有一句话，死神看上去漂亮是因为她集聚了生命的精华，死人看上去很丑陋是因为耗尽了生命的精华。

林舟：很精彩。

夏商：死神这个形象我在海明威传记片中看到，其中不止一次地出现了死神，穿着白色的衣服，站得很远，非常漂亮，非常具有震撼力。而且我发现，死亡好像是跟母性有关系的，死神好像从来都是女性形象，男人外形的话，多半是厉鬼。还有我刚才想说的一点就是小说背景是模糊的，没有放在某个具体的城市，比如南京、上海等，但它看上去是个中国的城市。

林舟：不仅仅空间的，具体的时间背景也是模糊的。

夏商：大致可以看出一个时间范围——20世纪70年代或80年代，我的短篇也是这样。除了个别作品会出现具体的城市和时间，绝大部分我愿意虚写。虚写有很大的好处，我没有包袱，另外，更能符合一种普遍性。它是一个中国故事，而不是太具体的某个城市的故事。

　　林舟：从大体的性质讲，人物的活动环境之类，它还是一个都市背景下的故事。

　　夏商：我自己比较喜欢的小说场景就是都市和乡村之间的地带，我觉得那是最神秘最出故事的地方，也是最容易出现歧义的地方——只有在城乡结合部，才会出现一些怪里怪气的人物，很多有意思的故事都是发生在城乡结合部的。

2001 年 1 月 4 日